STAR WARS™

JEDI-PADAWAN

DIE GEHEIMNISVOLLE MACHT

Band 1

Dave Wolverton

Dino

Die Deutsche Bibliothek – CIP-Einheitsaufnahme

Ein Titeldatensatz für diese Publikation ist bei der Deutschen Bibliothek erhältlich.

Dieses Buch wurde auf chlorfreiem,
umweltfreundlich hergestelltem
Papier gedruckt.

Es entspricht der neuen deutschen Rechtschreibung.

Übersetzung: Dominik Kuhn, Reutlingen
Umschlaggestaltung: tab werbung GmbH, Stuttgart,
basierend auf dem US-Cover von Madalina Stefan und Cliff Nielsen
Satz: Greiner & Reichel, Köln
Druck: Elsnerdruck, Berlin
ISBN: 3-89748-201-0

Kapitel 1

Die Klinge des Lichtschwerts sirrte durch die Luft. Obi-Wan Kenobi konnte ihr rotes Glühen durch die Binde sehen, die gegen seine Augen drückte. Er ließ die Macht fließen, um genau zu wissen, wann er sich ducken musste.

Mit sengender Hitze fuhr die Klinge des gegnerischen Lichtschwerts knapp über seinem Kopf vorbei und verbrannte ihn fast. Die Luft roch wie nach einem Blitzschlag.

„Gut!“, rief Yoda von der Seite des Raumes. „Lass los. Lass dich von deinen Gefühlen leiten.“

Die ermutigenden Worte spornten Obi-Wan an. Für einen Zwölfjährigen war er groß und stark und viele nahmen deswegen an, er hätte Vorteile im Kampf.

Doch weder Stärke noch Größe zählten, wo Beweglichkeit und Schnelligkeit gefragt waren; auch hatten sie keinen Einfluss auf die Macht, die er noch nicht völlig beherrschte.

Obi-Wan hörte aufmerksam auf die Geräusche des Lichtschwerts seines Gegners, auf dessen Atem, auf das

Scharren seiner Schuhe auf dem Boden. Geräusche wie diese hallten in der kleinen Kammer mit der hohen Decke lautstark wider.

Ein Stapel kleiner Kisten auf dem Boden war ein weiteres Element dieser Aufgabe. Er musste die Macht auch dazu benutzen, diese Hindernisse zu spüren. Auf einem solch unebenen Grund verlor man leicht das Gleichgewicht.

„Deinen Schutz halte aufrecht", warnte Yoda hinter Obi-Wan.

Gehorsam hob Obi-Wan seine Waffe und rollte sich nach rechts ab, als die Klinge seines Gegners zu seiner Linken in den Boden schlug. Er ging einen kleinen Schritt zurück und kickte dabei ein paar der Kisten zur Seite. Obi-Wan hörte das Singen des Lichtschwerts, als sein irritierter und erschöpfter Gegner einen hastigen Schlag versuchte. Gut.

Schweiß tröpfelte unter der Augenbinde herab, brannte in seinen Augen. Obi-Wan blendete das Gefühl aus, voller Vergnügen über seinen ungeschickten Gegner. Er sah sich selbst als vollwertigen Jedi-Ritter, der gegen einen Raumpiraten kämpfte ..., einen Togorianer mit Reißzähnen so lang wie Obi-Wans Finger. In seiner Vorstellung sah er, wie die gepanzerte Kreatur ihn mit Augen anstarrte, die nichts weiter als grüne Schlitze waren. Ihre Klauen hätten leicht einen Menschen zerfetzen können.

Dieses Bild trieb ihn an, half ihm, seine Ängste zu vergessen. Innerhalb von Sekunden war jeder Einzelne seiner Muskeln auf die Macht eingestellt. Sie durchfloss ihn, gab ihm die Beweglichkeit und die Schnelligkeit, die er brauchte.

Obi-Wan schwang sein Schwert, um den nächsten Hieb abzublocken. Das Lichtschwert des Angreifers summte und wirbelte nach unten. Obi-Wan sprang hoch, schlug einen Salto über dem Kopf seines Gegners und stieß mit seinem Lichtschwert zu, dorthin, wo das Herz des Togorianers wäre.

„Aaah!" Der andere Schüler schrie überrascht und wütend auf, als Obi-Wans heiße Klinge seinen Nacken streifte. Hätte Obi-Wan das Lichtschwert eines Jedi-Ritters benutzt, wäre es ein tödlicher Hieb gewesen. Doch die Schüler im Jedi-Tempel kämpften mit Trainingsschwertern, die auf niedrige Leistung eingestellt waren. Die Berührung des Lichtschwerts war wie ein glühender Kuss. Um die Wunden, die es hinterließ, mussten sich höchstens die Heiler kümmern.

„Das war nur ein Glückstreffer!", rief der verwundete Schüler.

Bis zu diesem Augenblick hatte Obi-Wan noch nicht gewusst, gegen wen er kämpfte. Er war mit verbundenen Augen in den Raum geführt worden. Jetzt erkannte er die Stimme: Bruck Chun. Wie Obi-Wan war auch Bruck Chun einer der ältesten Schüler im Jedi-Tempel. Wie Obi-Wan so wollte auch Bruck Chun ein Jedi-Ritter werden.

„Bruck", sagte Yoda ruhig, „deine Augenbinde lasse an. Ein Jedi nicht braucht seine Augen, um zu sehen."

Doch Obi-Wan hörte, wie die Augenbinde des Jungen auf den Boden klatschte. Brucks Stimme war voller Wut.

„Du ungeschickter Tollpatsch!“

„Ruhig werde, wirst du!“ Yoda warnte in einem scharfen Ton, den er nur selten benutze.

Jeder Schüler im Jedi-Tempel hatte seine Schwächen. Obi-Wan kannte seine nur zu gut. Jeden Tag kämpfte er, um seinen Zorn und seine Ängste zu kontrollieren. Im Tempel wurden nicht nur die Fähigkeiten, sondern auch der Charakter getestet.

Bruck kochte vor Wut, die sich schnell zu heißem Zorn entzünden konnte. Normalerweise hatte er ihn gut unter Kontrolle und auch andere Schüler hatten diesen Zorn nur selten erlebt.

Bruck war außerdem misstrauisch. Ein Jahr zuvor war Obi-Wan in einem der Korridore des Tempels gestolpert und gegen Bruck gestoßen. Der war dabei hingefallen. Es war ein Unfall gewesen, verursacht durch Beine und Füße, die bei beiden Jungen zu schnell wuchsen. Doch Bruck war überzeugt gewesen, dass Obi-Wan es absichtlich getan hatte. Brucks Würde war etwas sehr Wichtiges für ihn. Das Gelächter der anderen Schüler hatte ihn aufgebracht und seitdem nannte er Obi-Wan Tollpatsch. *Tollpi*-Wan.

Der Name war hängen geblieben.

Das Schlimmste daran war: Es stimmte. Obi-Wan fühlte sich oft so, als würde sein Körper zu schnell wachsen. Es schien, als könnte er nicht mit den langen Beinen und den großen Füßen mithalten. Ein Jedi sollte sich in seinem Körper wohl fühlen, doch Obi-Wan fühlte sich unbeholfen. Nur wenn ihn die Macht durchfloss, fühlte er sich elegant und sicher.

„Los, Tollpi", spottete Bruck, „lass sehen, ob du mich noch mal schlagen kannst! Noch ein letztes Mal, bevor sie dich aus dem Tempel werfen!"

„Bruck, genug!", sagte Yoda. „Lernen zu verlieren wie gewinnen ein Jedi muss. Geh in dein Zimmer, geh."

Obi-Wan versuchte, Brucks verletzende Worte zu ignorieren. In vier Wochen würde er dreizehn Jahre alt werden und müsste den Tempel verlassen. Sticheleien wie die von Bruck häuften sich, seit sein Geburtstag näher rückte. Wenn er in den nächsten vier Wochen kein Padawan werden würde, wäre er ohnehin zu alt. Er hatte sich aufmerksam nach Gerüchten umgehört und dabei herausgefunden, dass vor seinem Geburtstag kein Jedi auf der Suche nach einem Padawan im Tempel erwartet wurde. Er befürchtete, niemals ein Jedi-Ritter zu werden. Diese Angst machte ihn wütend. Wütend genug für eine dumme Prahlerei.

„Ihr müsst ihn nicht wegschicken, Meister Yoda", sagte er. „Ich fürchte mich nicht einmal davor, gegen *ihn* zu kämpfen, wenn er keine Augenbinde trägt."

Bucks Wangen röteten sich. Seine eisblauen Augen verengten sich. Yoda nickte lediglich, als er Obi-Wans Worte vernahm. In Wirklichkeit war es so, dass Obi-Wan genauso erschöpft war wie Bruck. Er hoffte, Yoda würde sie beide auf ihre Zimmer schicken, anstatt ihnen einen neuen Kampf zu gestatten.

Doch einen Augenblick später sagte Yoda: „Also gut. Macht weiter. Zu lernen viel habt ihr noch. Doch die Augenbinden benutzen müsst ihr."

Obi-Wan wandte sich um und verneigte sich vor Yoda. Er akzeptierte die Anweisung. Er wusste, dass Yoda sich über seine Erschöpfung völlig im Klaren war. Obwohl er sich gewünscht hätte, der Meister würde ihm eine Gnadenfrist gewähren, akzeptierte er die Weisheit in allen Entscheidungen, die Yoda traf, ob groß oder klein.

Obi-Wan zog seine Augenbinde fester. Er schüttelte seine Erschöpfung ab, zwang seine Muskeln zu Gehorsam. Er versuchte zu vergessen, dass er gegen Bruck kämpfte oder dass er seine Chance, ein Jedi-Ritter zu werden, bald verpasst hatte. Stattdessen konzentrierte er sich auf das Bild des togorianischen Piraten. Auf dessen orangefarben gestreiftes Fell, das von einer schwarzen Panzerung bedeckt war.

Obi-Wan konnte die Macht fühlen. Sie umfloss ihn, durchdrang ihn. Er konnte Brucks lebendige Macht spüren, die dunklen Wellen, die dessen Zorn verursachte. Doch dem Impuls, diesem Zorn mit seinem eigenen entgegenzutreten, musste er widerstehen.

Obi-Wan nahm eine defensive Haltung ein, als Bruck seinen ersten Ausfallschritt machte. Er ließ sich von der Macht leiten wie schon zuvor. Den nächsten Hieb blockte er mit Leichtigkeit ab. Dann sprang er hoch, um einem weiteren Schlag auszuweichen und landete hinter einem Pfeiler. Lichtschwerter schlugen gegeneinander, zischten und brannten, rissen sich wieder auseinander. Die Luft war schwer, die Energie des Kampfes hing in ihr.

Einige Minuten lang kämpften die zwei Schüler wie in einem grazilen Tanz. Obi-Wan wich jeder Attacke aus, blockte jeden kreischenden Schlag ab. Doch er versuchte nicht, Bruck zu schlagen.

Zeig ihm, dass du nicht ungeschickt bist, dachte Obi-Wan verbissen. *Zeig ihm, dass du nicht dumm bist. Zeig es ihm immer und immer wieder*.

Langsam durchdrang der Schweiß Obi-Wans Kleider. Seine Muskeln brannten. Er konnte kaum schnell genug atmen, um die Luft zu bekommen, die er brauchte. Doch solange er nicht im Zorn angriff, blieb die Macht stark in ihm. Er versuchte, nicht über den Kampf nachzudenken. Er verlor sich in dem Tanz und schon bald fühlte er sich so müde, dass er überhaupt nicht mehr nachdachte.

Bruck kämpfte immer langsamer. Irgendwann musste Obi-Wan seinen müden Attacken nicht einmal mehr ausweichen. Er wehrte sie nur noch ab, bis Bruck schließlich aufgab.

„Gut, Obi-Wan“, rief Yoda. „Lernen du tust.“

Obi-Wan schaltete sein Lichtschwert ab und hängte es an den Gürtel. Er wischte sich mit der Augenbinde den Schweiß von der Stirn. Neben ihm kauerte ein keuchender Bruck. Er sah Obi-Wan nicht an.

„Du siehst“, sagte Yoda. „Um einen Feind zu besiegen, musst nicht töten du. Besiege den Zorn, der brennt in ihm und dein Feind ist er nicht länger. Zorn der wahre Feind ist.“

Obi-Wan verstand, was Yoda meinte. Doch Brucks glasiger Blick zeigte ihm, dass er den Zorn seines Gegners nicht besiegt hatte. Auch hatte er den Respekt des Jungen nicht gewonnen.

Die beiden wandten sich Yoda zu und verneigten sich respektvoll. Ein Bild seiner Freundin Bant formte sich in Obi-Wans Kopf. Ein Vorteil des Sieges über Bruck war, dass er ihr davon erzählen konnte.

„Genug für einen Tag“, sagte Yoda. „Morgen ein Jedi-Ritter kommt zum Tempel, um zu suchen einen Padawan. Bereit sein für ihn ihr müsst.“

Obi-Wan versuchte, seine Überraschung zu verbergen. Wenn ein Ritter auf der Suche nach einem Padawan in den Tempel kam, waren die Gerüchte der Ankunft normalerweise um Tage voraus. So konnte ein Schüler sich geistig und körperlich vorbereiten, wenn er die Ehre erlangen wollte, der Padawan des Ritters zu werden.

„Wer?“, fragte Obi-Wan mit klopfendem Herz. „Wer kommt?“

„Gesehen hast du ihn schon einmal“, sagte Yoda. „Meister Qui-Gon Jinn.“

Obi-Wans Hoffnungen stiegen. Qui-Gon Jinn war ein mächtiger Ritter, einer der besten. Er war schon einmal auf der Suche nach einem Padawan-Schüler im Tempel gewesen. Jedes Mal war er gegangen, ohne einen neuen Padawan mitzunehmen.

Obi-Wan waren Gerüchte zu Ohren gekommen, dass Qui-Gon seinen Padawan in einer furchtbaren Schlacht verloren und geschworen hatte, nie wieder einen neuen anzunehmen. Er kam nur deswegen jedes Jahr zum Tempel, weil der Rat der Jedi-Meister ihn dazu anwies. Er verbrachte ein paar Stunden damit, den Schülern zuzusehen, studierte sie so, als suche er nach etwas, das außer ihm niemand sehen konnte. Dann ging er, ohne jemanden ausgewählt zu haben, um wieder allein gegen die Dunkelheit zu kämpfen.

Obi-Wans Hoffnungen waren gedämpft. Qui-Gon hatte so viele Schüler abgelehnt. Wie konnte er glauben, dass ausgerechnet er ihm gefallen könnte?

„Er wird mich nicht wollen“, sagte Obi-Wan niedergeschlagen. „Er hat mich schon einmal kämpfen sehen und hat mich nicht ausgewählt. Niemand wird mich auswählen.“

Yoda schielte mit weisen Augen zu Obi-Wan hinauf. „Hmmmnaah! Immer in Bewegung die Zukunft ist. Man nie kann sicher sein, aber ich habe gespürt … eine freundlichere Zukunft für dich.“

Etwas in Yodas Stimme verwunderte Obi-Wan. „Wird er mich auswählen?“, fragte er.

„Von Qui-Gon das abhängt – und von dir“, sagte Yoda. „Komm morgen wieder und kämpfe für ihn mit der Macht als Verbündeten. Vielleicht akzeptieren er dich wird." Yoda legte tröstend seine Hand auf Obi-Wans Arm. „Doch so oder, keine Rolle es spielt. Den Tempel bald verlassen du sollst. Aber dir sagen muss ich, es tut mir Leid, verliere ich einen solch gelehrigen Schüler."

Erstaunt und erfreut sah Obi-Wan Yoda an. Die Augen des Meisters funkelten, als er Obi-Wan anschaute. Ein Kompliment von Yoda war so selten wie ein Ausdruck des Bedauerns. Das war es, was seine Meinung so wertvoll machte. In diesem Moment dachte Obi-Wan, dass er Yodas Respekt auch dann erlangt hatte, wenn er kein Ritter wurde. Das war ein besonderes Geschenk.

Yoda wandte sich ab und ging aus dem Trainingsraum, begleitet vom Echo seiner kleinen Füße, die auf dem Boden stampften. Er bog hinter der Tür in den Korridor und war verschwunden. Die Lichter schalteten sich automatisch ab und der Raum wurde dämmrig, voller Schatten.

Hinter Obi-Wan begann Bruck zu lachen. „Mach dir nicht zu viele Hoffnungen, Tollpi. Yoda versucht nur, dich aufzuheitern. Die Meister können dich auch niemandem aufzwängen. Es gibt viele bessere Kandidaten als dich."

Obi-Wan erstarrte vor Ärger. Er war verleitet, zu sagen, dass Bruck *keiner* dieser besseren Kandidaten war. Stattdessen wandte er sich zur Tür.

Er hatte nur einen Schritt getan, da traf ihn etwas Hartes am Hinterkopf. Das Geräusch des Schlages gegen Obi-Wans Schädel hallte durch den Raum. Bruck hatte eine Trainingssonde geworfen.

Als sich Obi-Wan zu Bruck umdrehte, hatte dieser sein Lichtschwert gezogen. Der rote Strahl durchschnitt die Dämmerung.

„Bereit für eine neue Runde?", fragte Bruck.

Obi-Wan sah hinaus auf den leeren Korridor. Yoda war weg. Keiner würde es sehen, wenn er Bruck die Lektion erteilte, die er verdient hatte. Bruck war oft gewalttätig, normalerweise aber nicht so überheblich. Er versuchte offensichtlich, Obi-Wan zu provozieren, versuchte ihn aus der Fassung zu bringen.

Aber weshalb? Obi-Wan fragte sich, was das sollte.

Natürlich! „Du wusstest schon lange, dass Qui-Gon Jinn kommen würde, um nach einem Padawan zu suchen, oder nicht?", fragte Obi-Wan langsam, als sich sein Verdacht erhärtete. Da Obi-Wan der älteste Schüler im Tempel war, würden die Jedi-Meister Qui-Gon ermuntern, ihn zu nehmen – seine letzte Chance. Bruck würde das nicht wollen.

Bruck lachte. „Ich habe dafür gesorgt, dass du es nicht erfährst. Wenn ich es gewollt hätte, dann hättest du es nicht erfahren, bevor er wieder weggewesen wäre."

Bruck hoffte, Qui-Gons Padawan zu werden! Und die einzige Möglichkeit, die er hatte, war sich zu vergewissern, dass Obi-Wan scheiterte. Er hatte versucht, ihn an der Vorbereitung zu hindern und jetzt versuchte er, ihn wütend zu machen. Obi-Wans Wut und seine Ungeduld hatten schon oft zu Niederlagen geführt. Bruck hoffte, Obi-Wans Gedanken mit Zorn und Resignation zu füllen, damit er sich der Macht nicht öffnen konnte.

Obi-Wan war im Jedi-Tempel aufgewachsen, seit er ein Baby war. Er hatte nicht viel Habgier, Hass oder echte Bosheit gesehen. Die Meister schützten die Kinder vor solchen Dingen, damit sie sich nicht der dunklen Seite der Macht zuwandten.

Doch nun erlebte Obi-Wan schiere Skrupellosigkeit. Bruck plante, seine Träume zu zerstören.

Er durfte ihn nicht wissen lassen, wie wichtig Qui-Gons Besuch ihm war. Er durfte Bruck nicht zeigen, wie sehr er die Angst in sich hatte wachsen lassen. Die Angst, niemals ein Padawan zu sein.

Obi-Wan lächelte. „Bruck, in drei Monaten, wenn du dreizehn wirst, dann hoffe ich, dass du ein guter Farmer wirst." Es war die schlimmste Beleidigung, die ihm einfiel. Anzunehmen, Brucks Beherrschung der Macht wäre so gering, dass er nur noch für das Agrikultur-Korps tauglich war.

Bruck sprang auf ihn zu, sein Lichtschwert hoch erhoben. Obi-Wan wirbelte herum, einen Schrei auf den Lippen. Blitzende Schwerter schlugen in einer Explosion von Licht und Summen aufeinander, als sich die beiden Jungen in der Mitte des Raumes trafen.

Erschöpft wie sie waren, kämpften die beiden so lange, bis sie sich kaum noch bewegen konnten. Als sie schließlich aus dem Trainingsraum krochen, hatten beide schwere Brandwunden und waren stark gezeichnet.

Keiner von beiden hatte gewonnen und beide hatten verloren.

Als Obi-Wan zu seinem Zimmer ging, nahm Bruck den Aufzug in die oberen Räume des Tempels, wo die Heiler ihre Künste praktizierten. Er humpelte in die Kammern der Ärzte und gab vor, stärker verletzt zu sein, als er tatsächlich war. Seine Kleider waren zerrissen und versengt von den Übungsschwertern. Blut lief aus seiner Nase.

Als die Ärzte ihn sahen, war ihre erste Frage: „Was ist passiert?"

„Obi-Wan Kenobi", stöhnte Bruck und täuschte eine Ohnmacht vor.

Einer der Heiler sah ihn an und sagte barsch zu einem Droiden: „Geh und unterrichte die Meister."

Kapitel 2

Obi-Wan Kenobi versorgte gerade seine Brandwunden in seinem Zimmer, als ihn die schlechten Neuigkeiten erreichten. Er versuchte sich etwas einfallen zu lassen, womit er Qui-Gon am Morgen beeindrucken konnte. Er dachte darüber nach, wie er sich im Kampf verbessern konnte – alles, was er sagen oder tun konnte, war recht, um den Ritter zu überzeugen, dass er würdig war, Padawan-Schüler zu werden. Doch dann kam Vant herein, eine der vielen Dozentinnen des Jedi-Tempels. Sie hatte ein Datapad dabei und zeigte Obi-Wan seine Anweisungen.

Mit einem Schlag waren all seine Pläne und Träume zerstört.

„Aber so schlimm ist es doch nicht“, sagte Dozentin Vant, eine große, blauhäutige Frau. Ihre Haare waren zu einem eleganten Pferdeschwanz zusammengebunden, der nervös hin- und herschwang.

Obi-Wan starrte schockiert auf die Anweisungen. Auf dem Datapad stand, dass er am nächsten Morgen den Tempel verlassen musste und daher seine Koffer packen sollte.

Er sollte sich auf Bandomeer melden – einem Planeten draußen am Äußeren Rand der Galaxis, von dem er noch nie gehört hatte. Dort sollte er dem Agrikultur-Korps beitreten.

„Aber das verstehe ich nicht", sagte er benommen. „Es sind noch vier Wochen bis zu meinem Geburtstag."

„Ich weiß", sagte Dozentin Vant. „Aber dein Schiff, die *Monument*, geht morgen früh und hat ein paar tausend Minenarbeiter an Bord. Es kann nicht warten, nur weil du Geburtstag hast."

Schockiert sah sich Obi-Wan in seinem Zimmer um. Über seinem Kopf drehten die Modelle dreier Verpinen-Jäger nahe der Decke ihre Runden. Er hatte sie selbst gebaut. Repulsorlift-Felder hielten sie in der Schwebe und ihre blinkenden Lichter blitzten lila und grün, als sie vorbeisummten. Miniatur-Insektenpiloten drehten ihre Köpfe, so als ob sie sich umsahen. Bücher und Tabellen stapelten sich auf seinem Schreibtisch. Das Lichtschwert hing an seinem Platz an der Wand. Er konnte sich nicht vorstellen hier wegzugehen. Es war sein Zuhause. Liebend gern hätte er all das für das harte Leben eines Padawan-Schülers zurückgelassen. Aber doch nicht für das eines Farmers!

Jetzt würde er niemals ein Jedi-Ritter werden. Bruck hatte Recht gehabt, dachte Obi-Wan bitter. Yoda hatte versucht ihn aufzuheitern.

Der Schock und die Enttäuschung machten ihn krank. Er erhob seinen Blick zu Dozentin Vant. „Ich könnte noch immer ein Jedi-Ritter werden."

Dozentin Vant berührte zärtlich Obi-Wans Hand. Sie lächelte und entblößte dabei ihre spitzen Zähne. Sie schüttelte den Kopf. „Nicht jedem ist es bestimmt, ein Krieger zu sein. Die Republik braucht auch Farmer und Heiler. Mit deinen Fähigkeiten in der Macht wirst du in der Lage sein, kranke Pflanzen zu behandeln. Mit deinem Talent wirst du dazu beitragen, ganze Welten zu ernähren."

„Aber ..." Obi-Wan wollte sagen, dass er sich betrogen fühlte. Er verdiente noch weitere vier Wochen. „Das ist eine Aufgabe für Versager. Für Anwärter, die zu schwach sind, um Ritter zu werden. Außerdem kommt morgen Qui-Gon Jinn, um sich einen Padawan zu suchen. Meister Yoda sagte, ich sollte für ihn kämpfen."

Dozentin Vant schüttelte den Kopf. „Das war, bevor die Meister vom Kampf gehört haben, den du Anwärter Bruck geliefert hast. Dachtest du, die Heiler würden nicht erzählen, was du getan hast?"

Entsetzen dämmerte in Obi-Wan, als er erkannte, was geschehen war. Bruck hatte ihm eine Falle gestellt und er war geradewegs hineingelaufen. Er wollte protestieren, sagen, dass er unschuldig war. Es war ein fairer Kampf gewesen. Und die Heiler? Bruck hatte bestimmt keine Heiler nötig gehabt – außer um weiterzuerzählen, was immer er ihnen gesagt hatte.

„Das ist nicht das erste Mal, dass du dich von deinem Zorn hast an der Nase herumführen lassen", sagte Dozentin Vant. „Doch lass uns hoffen, dass es das letzte

Mal war." Sie nickte aufmunternd. „Jetzt schau mich nicht so traurig an. Du musst heute Nacht deine Koffer packen und dich von deinen Freunden verabschieden. Die Galaxis ist groß. Sie werden dich noch einmal sehen wollen, bevor du gehst."

Sie ging und schloss hinter sich leise die Tür. Obi-Wan war allein mit dem Geräusch der fliegenden Modelljäger über seinem Kopf.

Es blieb ihm nichts anderes übrig, als die Koffer zu packen. Obi-Wan fühlte sich zu niedergeschlagen und beschämt, um sich zu verabschieden. Nicht von Garen Muln oder Reeft, nicht einmal von seiner besten Freundin Bant. Sie würden böse und verletzt sein, wenn er einfach so ginge, doch er konnte ihnen nicht unter die Augen treten. Seine Freunde würden wissen wollen, wo er hinginge. Doch wenn er ihnen sagte, dass er sich beim Agri-Korps melden musste, würde es sich herumsprechen. Er stellte sich vor, wie einige der anderen lachten. Es gab nichts, was er sagen oder tun konnte, um seinen Namen rein zu waschen.

Denn die Wahrheit war ja, dass er bereitwillig in Brucks Falle gelaufen war. Vielleicht blind und ohne Absicht, doch es war sein eigener Wille, der ihn geführt hatte. Was für ein Jedi würde er sein, wenn er auf Tricks eines Großmauls wie Bruck hereinfiel?

Obi-Wan ließ sich auf seine Schlafcouch fallen. Er hatte Meister Yoda enttäuscht. Er hatte seine letzte Chance vertan, seinen Willen nicht vom Zorn trüben zu lassen.

Jetzt war seine schlimmste Befürchtung wahr geworden. Nach all den Jahren des Trainings war er also nicht gut genug, um ein Jedi-Ritter zu werden.

Yoda hatte ihm immer gesagt, dass Zorn und Angst zu stark in ihm wären. Wenn er nicht lernte, sie zu kontrollieren, würden sie ihn auf einen Weg führen, den er nicht gehen wollte. „Dich ihnen stellen, du sollst", hatte Yoda geraten, „sieh ins Auge ihnen ohne zu blinzeln. Lass Fehler deine Lehrer sein, dann dich beherrschen werden sie nicht. Du sie beherrschen sollst."

Yodas Weisheit hatte er zutiefst verinnerlicht. Wie hatte er nur versagen können?

Vor seiner Tür hörte er andere Anwärter, wie sie sich auf die Nacht vorbereiteten. Gutenachtwünsche wurden von Tür zu Tür gerufen. Irgendwann fuhren die Lichter herunter und die Gänge waren still.

Obi-Wan fühlte sich von der friedvollen Energie der schlafenden Schüler umgeben. Doch sie konnte sein Herz nicht beruhigen. Seine Kameraden konnten schlafen. Sie hatten keine quälenden Gedanken. Obi-Wan wälzte sich herum, unfähig, den Gedanken an Brucks triumphierendes Gesicht auszulöschen, wenn dieser von Obi-Wans Schicksal erfahren würde.

Ein leises Klopfen ertönte an seiner Tür. Zögernd stand Obi-Wan auf und öffnete sie. Da stand Bant, das junge Mon-Calamari-Mädchen. Sie sah ihn schweigend an. Sie trug einen Umhang, dessen grüne Farbe sich von ihrer lachsfarbenen Haut abhob. Ihre Kleider rochen feucht und salzig, denn sie kam gerade aus ihrem Zimmer, das sie immer so dunstig hielt wie die Luft an einem warmen Meer. Sie war klein für ihre zehn Jahre und sah ihn mit ihren großen, silberfarbenen Augen an.

Sie musterte seine Blutergüsse und Verbrennungen mit einem Ausdruck, der sagte: *Du hast wieder gekämpft.* Dann sah sie an ihm vorbei, zu den gepackten Koffern auf dem Boden.

„Du wolltest dich nicht verabschieden?", fragte sie und blinzelte ein paar dicke Tränen weg. „Du wolltest einfach gehen?"

„Ich bin dem Agrikultur-Korps zugeteilt worden", erklärte er und hoffte, sie würde verstehen, wie peinlich ihm das war. „Ich wollte Auf Wiedersehen sagen, aber ich ..."

Sie schüttelte den Kopf. „Ich habe gehört, dass du auf einen Planeten namens Bandomeer gehst."

Also wussten es bereits alle. Obi-Wan nickte benommen, als Bant nach vorn schlurfte, um ihn fest in den Arm zu nehmen.

„Ja, das stimmt", sagte er. Er nahm sie ebenfalls in den Arm. *Also ist mein Schicksal besiegelt,* dachte er. *Ich werde Farmer.* Denn diesem Abschied würden noch mehrere folgen. Er konnte es nicht verhindern. Bant ließ ihn los und tat einen Schritt zurück. „Es wird gefährlich. Haben sie dir nicht gesagt, dass es gefährlich wird?"

Obi-Wan schüttelte den Kopf. „Es ist nur das Agri-Korps. Wie gefährlich kann das schon sein?"

„Das brauchen wir nicht wissen", sagte Bant.

„Wir brauchen es nur zu tun", fügte Obi-Wan leise hinzu. Es war ein Satz, den sie schon viele Male von den Meistern gehört hatten, wenn sie Aufgaben zu erfüllen hatten, deren Bedeutung sie nicht verstehen konnten.

„Dich vermissen ich werde", sagte Bant und imitierte dabei Yodas eigenartige Sprechweise. Wieder blinzelte sie Tränen nieder.

„Furchtbar Leid es mir tut", gab Obi-Wan zurück. Er versuchte zu lächeln, schaffte es aber nicht. Bant nahm ihn noch einmal fest in den Arm, dann rannte sie fort, um ihre Tränen zu verbergen.

Kapitel 3

Mit Hilfe von Jedi-Heilungstechniken und den wunderbaren Salben des Tempels waren Obi-Wans Blessuren und Verbrennungen bis zum Morgen verheilt. Doch den Schmerz in seiner Seele konnte niemand lindern. Er schlief nur kurz und stand noch vor der Morgendämmerung auf.

Er verabschiedete sich von Garen Muln und Reeft, zwei Jungen von verschiedenen Seiten der Galaxis, die im Laufe ihrer Jahre im Jedi-Tempel unzertrennlich geworden waren.

Reeft, ein Dresselianer mit extrem faltigem Gesicht, sagte während des Frühstücks unaufhörlich zu allen am Tisch: „Ich möchte nicht gierig erscheinen, aber kann ich dein Fleisch haben?" oder „Ich möchte nicht gierig erscheinen, aber …", während er voller Heißhunger auf ein Törtchen oder ein Getränk schielte. Obwohl Obi-Wan am Abend vorher nicht gegessen hatte, teilte er alles mit ihm. Bant gab netterweise die Hälfte ihres Nachtisches ab. Mit seiner ledrig-grauen Haut konnte der Dresselianer furchtbar traurig aussehen, wenn er nicht all das zu essen bekam, was er wollte.

„Es wird nicht so schlimm werden", sagte Garen Muln zu Obi-Wan. „Immerhin steht dir ein Abenteuer bevor." Garen Muln war immer rastlos. Yoda hatte ihm schon oft zusätzliche Aufgaben gegeben, um ruhiger zu werden.

„Und du hast immer etwas zu essen um dich", fügte Reeft eifrig hinzu.

„Wer von uns weiß schon, wo er landen wird?", fragte Bant. „Für jeden von uns wird eine andere Mission kommen."

„Und unerwartet", stimmte Garen Muln zu. „Das ist, was Yoda immer sagt. Nicht jeder ist dafür bestimmt, ein Jedi-Padawan zu sein."

Obi-Wan nickte. Es war gut, dass er Reeft den Großteil seines Essens gegeben hatte, denn er bekam keinen Bissen hinunter. Er wusste, dass ihn seine Freunde aufmuntern wollten, doch sie selbst hatten ja noch eine Menge Chancen, Jedis zu werden. Diese höchste Ehre war alles, was sie wollten, wofür sie arbeiteten. Was auch immer sie sagten, sie alle wussten, dass er furchtbar enttäuscht über seine verlorene Chance war.

Obi-Wan hörte die blubbernden Unterhaltungen an den anderen Tischen um ihn herum. Einige Schüler sahen zu ihm herüber und schnell wieder weg. Die meisten Blicke waren mitleidig, manche versuchten, ihn aufzumuntern. Doch er spürte, welches Gefühl in diesem Raum überwog: Alle waren glücklich, dass ihnen nicht dasselbe passiert war wie Obi-Wan.

An Brucks Tisch waren die Stimmen so laut, dass sie bis zu ihm herüberdrangen. „Hab immer gewusst, dass er es nicht schafft", sagte Brucks Freund Aalto unüberhörbar. Obi-Wans Ohren brannten, als er Brucks spitzes Kichern vernahm. Er drehte sich um und sah, dass Bruck ihn fixierte, bereit, einen neuen Kampf anzufangen.

„Achte nicht auf ihn", sagte Bant. „Er ist ein Schwachkopf."

Obi-Wan wandte sich ab und war gerade mit dem Essen fertig, als eine große schwarze Barabel-Frucht neben seinem Teller auf den Tisch klatschte. Der Fruchtsaft spritzte über Bant und Garen Muln. Obi-Wan sah hinüber zu Bruck, der herangekommen war, um die Frucht zu werfen.

„Pflanz sie doch ein, Tollpi", sagte Bruck. „Ich habe gehört, dass die Dinger fast überall wachsen."

Obi-Wan wollte aufstehen, doch Bant legte ihre Hand auf die seine und versuchte, ihn zu beruhigen.

Obi-Wan lächelte Bruck an, hielt sich unter Kontrolle. *Er will mich zornig machen*, wusste Obi-Wan. *Er hofft, dass ich ärgerlich werde. Wie oft in der Vergangenheit hat er das schon mit mir versucht und mir damit die Chance verdorben, ein Padawan zu werden?*

Obi-Wan versuchte, seinen Ärger zu unterdrücken und lächelte Bruck einfach an. Doch in ihm stieg weiß glühender Zorn hoch.

Im selben Augenblick murmelte Reeft: „Ich möchte nicht gierig erscheinen, aber isst du diese Barabel-Frucht noch?"

Obi-Wan explodierte fast vor Lachen. „Danke Bruck", sagte er, wischte die Reste der Frucht vom Tisch und in einen Becher. „Die Bewohner von Bandomeer werden geehrt sein, wenn ich dein Geschenk mit ihnen teile – das Geschenk eines Farmers an den anderen."

In einem der oberen Räume des Jedi-Tempels diskutierte Meister Yoda mit den Ältesten des Jedi-Rates. Sie meditierten in einem riesigen Gewächshaus, dem Raum der tausend Quellen, wo Springbrunnen plätscherten und sich Wasserfälle in einen Smaragdwald ergossen.

Draußen war die Oberfläche von Coruscant von schwarzen Sturmwolken verdeckt.

„Obi-Wan Kenobi muss es gestattet werden, zu kämpfen vor Qui-Gon heute", sagte Meister Yoda, als ein Blitz durch die Wolken zuckte. „Vorausgesehen habe ich es."

„Was?", fragte der Ratsälteste Mace Windu, ein starker, dunkelhäutiger Mann mit rasiertem Kopf. Er blickte Yoda mit Augen an, die stechen konnten wie Blasterschüsse. „Wozu sollte das gut sein? Obi-Wan hat einmal mehr bewiesen, dass er seinen Zorn und seine Ungeduld nicht kontrollieren kann. Und Qui-Gon ist nicht bereit, einen weiteren ungeduldigen Padawan aufzunehmen."

„Ich stimme zu", erklärte Yoda. „Weder Obi-Wan noch Qui-Gon bereit sind. Aber die Macht kann noch Meister und Schüler zusammenbringen."

„Und was ist mit letzter Nacht?", fragte Mace Windu, „mit dem Kampf, den Obi-Wan Bruck geliefert hat?"

Yoda winkte mit der Hand und als er das tat, kam ein Kampfrichter-Droide hinter den Büschen hervor.

„Advanced-Jedi-Trainings-Droide 6, letzte Nacht den Kampf du gesehen hast", sagte Yoda auffordernd.

„Obi-Wans Herz schlug mit sechsundachtzig Schlägen pro Minute", berichtete der Droide, „sein Körper war siebenundzwanzig Grad gegen Nordost gerichtet, seine rechte Hand nach unten. Sie hielt das Lichtschwert. Seine Körpertemperatur betrug …"

Mace Windu seufzte. Wenn er es zuließ, dann würde der Droide noch eine Stunde brauchen, nur um zu beschreiben, wie Obi-Wan den Raum durchschritten hatte.

„Berichte uns einfach, wer den Kampf provoziert hat", befahl Mace Windu. „Wer sagte was und was geschah dann?"

Der Trainings-Droide AJTD6 gab wegen der rüden Unterbrechung einen entrüsteten Summton von sich. Doch nach einer gebietenden Geste von Mace Windu erzählte er, wie Bruck Obi-Wan zum Kampf provoziert hatte.

Am Ende seufzte Mace Windu wieder. „Also haben wir einen betrügerischen Jungen und einen törichten." Er sah Meister Yoda an. „Was schlagt Ihr vor?"

Yoda zwinkerte. „Beiden eine Chance geben noch einmal zu versagen, sollten wir", sagte er.

Kapitel 4

Brucks rotes Lichtschwert knisterte und zischte, als Obi-Wan verzweifelt versuchte, mit dem seinen zu parieren. Zum vierten Mal innerhalb kaum eines Tages waren die beiden keuchend im Zweikampf.

Obi-Wans Muskeln schmerzten. Seine dicke Tunika war schweißdurchnässt. Brucks Zähigkeit überraschte ihn. Der Junge kämpfte verbissen, als hinge sein Leben davon ab. Obi-Wan war klar, dass Bruck genau dieselbe Angst hatte, nicht als Jedi-Padawan ausgewählt zu werden wie er selbst.

Doch Obi-Wan vereinigte Brucks Zähigkeit mit seiner eigenen und schlug noch härter zu. Dies war seine letzte Chance.

Brucks Schwert summte, als es auf Obi-Wans Kehle zufuhr. Eine Berührung an dieser Stelle würde einen tödlichen Schlag signalisieren; damit hätte Obi-Wan den Kampf verloren.

Ein Schrei drang von den Zuschauern herüber, die im Schatten um die Kampfarena herum saßen. Meister und Schüler waren gekommen, um sich den Kampf anzuschauen. Obi-Wan konnte sie nicht sehen – er hörte nur ihre Rufe und Anfeuerungen. Über ihren Köpfen schwebte AJTD6 und beobachtete den Kampf als Schiedsrichter.

„Schwachkopf", brummte Bruck so leise, dass die anderen es über die anspornenden Rufe hinweg nicht hören konnten. „Du hättest einem Kampf mit mir niemals zustimmen dürfen. Du kannst nicht gewinnen."

Brucks schlohweißes Haar war zu einem Pferdeschwanz zusammengebunden und Schweißtropfen standen auf seinen Augenbrauen. Er trug einen dick gepolsterten, schwarzen Körperpanzer. Der Geruch von verbranntem Fleisch und versengtem Haar lag schwer in der Luft. Beiden Kämpfern war es gelungen, den anderen je einmal zu schlagen, doch die bisherigen Berührungen waren keine harten Hiebe gewesen.

Im Rund der Arena erklangen die Anfeuerungen für Obi-Wan und Bruck. Alle hatten am Abend zuvor von dem Kampf gehört. Obi-Wan hörte Bant rufen: „Sei mutig, Obi-Wan! Du machst das großartig!". Garen Muln pfiff durch seine Zähne.

„Du kannst nicht gewinnen", sagte Obi-Wan verächtlich zu Bruck, als ihre Trainingslichtschwerter sich verhakten und knisterten. „Deine heutige Niederlage wird für alle ein Zeichen sein, dass du nicht nur ein Verlierer, sondern auch ein Lügner bist."

Die Meister hatten beschlossen, dass der Kampf ohne Augenbinden stattfinden sollte. Brucks Gesicht war nah, er starrte Obi-Wan voller Hass an. Der Moment wurde länger und länger. Obi-Wan sah in Brucks Augen dessen Zukunft, eine Zukunft, in der er vom Zorn beherrscht alle hassen würde, die sich ihm in den Weg stellten.

Obi-Wan griff nach der Macht. Er fühlte, wie sie ihn umfloss, doch er konnte sie nicht ganz beherrschen. Hier war der Junge, der zwischen ihm und seinen Träumen stand, der ihn verspottete, der ihn betrog. Er warf sich gegen Bruck und sah die Überraschung in den Augen des Jungen, als dieser rückwärts hinfiel.

Obi-Wan nutzte Brucks Unsicherheit aus, um eine schnelle Attacke gegen sein Gesicht zu richten. Bruck duckte sich weg und schlug nach Obi-Wans Beinen. Obi-Wan sprang hoch in die Luft.

Als Kind hatte Obi-Wan im Kampf gegen ältere Schüler gelernt, Attacken zu vermeiden, die unnötige Energie kosteten. Er hatte stattdessen trainiert, defensiv zu kämpfen, Schläge mit kleinen Bewegungen abzuwehren oder ihnen auszuweichen.

Als Obi-Wan Brucks Manöver abblockte, fühlte er plötzlich Qui-Gon Jinns Augen auf sich. Der Jedi war ein Rebell und Einzelgänger und auch Obi-Wan wollte als Rebell angesehen werden.

Anstatt abzuwarten und Brucks Angriffsstrategie abzuwägen, griff Obi-Wan plötzlich und vehement an. Bruck versuchte, die Attacken abzuwehren, doch Obi-Wans Lichtschwert traf auf das von Bruck mit ungeahnter Kraft. Bruck verlor beinah seine Waffe.

Obi-Wan schwang sein Lichtschwert und zog es mit beiden Händen hart durch. Bruck versuchte ein zweites Mal, abzuwehren und fiel wieder hin. Er lag ausgestreckt da. Sein Laserschwert schaltete sich ab und polterte über den unebenen Boden.

Obi-Wan schlug zu, ein entscheidender Hieb, der ihn den Kampf hätte gewinnen lassen, doch Bruck schaffte es, sich seitlich wegzurollen und nach seinem Laserschwert zu greifen. Er hatte kaum Zeit, es anzuschalten, bevor Obi-Wans Lichtschwert wieder nach unten schlug.

Dieses Mal gab es keine Abwehr. Brucks Laserschwert wurde ihm ins eigene Gesicht geschlagen. Obi-Wan traf Bruck genau zwischen den Augen, verbrannte seine Haare und versengte seine Haut.

Bruck schrie vor Schmerz auf, als ihn beide Lichtschwerter verbrannten.

Yoda rief: „Genug!".

Im Rund der Arena schrien und jubelten die Anwärter. Bants Augen leuchteten und Reefts runzliges Gesicht bekam durch sein breites Lachen noch mehr Falten.

Obi-Wan ging keuchend zurück. Schweiß lief an seinen Armen und in seinem Gesicht herab; seine Muskeln schmerzten von der Anstrengung. Ihm war schwindlig.

Noch nie hatte er einen solchen Triumph erlebt. Er blickte in die Schatten im Rund der Arena und sah, wie Qui-Gon Jinn ihn beobachtete. Der Jedi-Meister nickte ihm fast unmerklich zu und sprach dann zu Yoda.

Ich habe gewonnen, erkannte Obi-Wan. Erregung stieg in ihm auf. *Ich habe Bruck endgültig geschlagen. Qui-Gon ist beeindruckt.*

Er versuchte, seine Erschöpfung zu verbergen. Er verneigte vor Yoda und den anderen Meistern. Dann konnte er nicht widerstehen, sein Lichtschwert in die Luft zu heben, während seine Freunde jubelten. Obi-Wan grinste und schwang das Laserschwert in Richtung einer stolzen Bant, zu Reeft und Garen Muln. Vielleicht hatte er mehr als einen wichtigen Kampf gewonnen. Vielleicht hatte er das Recht gewonnen, ein Padawan zu werden.

Der Jubel klang noch in seinen Ohren, als er in den Umkleideraum ging. Er duschte und zog sich eine frische Tunika an. Als er die schmutzige Kleidung in den Waschcontainer warf, kam Qui-Gon Jinn herein. Obwohl er ein großer, kräftiger Mann war, waren seine Schritte geräuschlos.

„Wer hat dir beigebracht, so zu kämpfen?", fragte Qui-Gon. Der Jedi hatte raue Gesichtszüge, doch es war ein sensibles, nachdenkliches Gesicht.

„Was meint Ihr?"

„Kaum ein Schüler aus dem Tempel greift so heftig an. Sie lernen, sich zu verteidigen, den anderen zu ermüden. Sie sparen sich ihre Kraft. Doch du hast gekämpft ... wie ein sehr gefährlicher Mann. Du warst während deiner Angriffe ungedeckt und hast dich darauf verlassen, dass der andere eine Verteidigungshaltung einnimmt."

„Ich wollte es schnell beenden", sagte Obi-Wan. „Die Macht hat es zugelassen."

Qui-Gon blickte Obi-Wan lange an. „Ich bin nicht sicher. Du kannst dich nicht immer darauf verlassen, dass dein Gegner die Verteidigungsposition innehat. Dein Kampfstil ist gefährlich, zu riskant."

„Ihr könnt es mich besser lehren", sagte Obi-Wan. Die Worte forderten den Jedi auf, Obi-Wan als Padawan anzunehmen.

Doch Qui-Gon senkte nur nachdenklich seinen Kopf. „Vielleicht könnte ich das", sagte er langsam. Die Antwort ließ Hoffnung in Obi-Wan aufkeimen. Doch nur einen Herzschlag später war sie wieder zerstört.

„Vielleicht könnte es auch niemand", fuhr Qui-Gon fort. „Du warst wütend auf den anderen Jungen. Ich fühlte Zorn in euch beiden."

„Deswegen wollte ich nicht gewinnen." Obi-Wan hielt Qui-Gons Blick stand. Er ließ ihn wissen, dass er gekämpft hatte, um ihn zu beeindrucken, um ihm zu zeigen, wie gut er ihm dienen könnte.

Qui-Gon sah Obi-Wan eine Zeit lang an, starrte ihn an ... *durch ihn hindurch.* Wieder wuchs die Hoffnung in Obi-Wan. *Jetzt wird er mich fragen*, dachte Obi-Wan. *Er wird mich fragen, ob ich sein Padawan sein möchte.*

Doch Qui-Gon sagte nur: „Zügel deinen Zorn in zukünftigen Kämpfen. Ein Jedi geht niemals an seine Grenzen, wenn er gegen einen stärkeren Gegner kämpft. Und glaube nicht, dass ein Feind eine Gelegenheit auslassen wird, dir Schaden zuzufügen."

Qui-Gon wandte sich ab und ging zur Tür.

Obi-Wan stand wie angenagelt da, verwirrt. Qui-Gon nahm ihn nicht als seinen Schüler an. Er gab nur Ratschläge, so wie es die Meister immer taten.

Obi-Wan konnte ihn nicht gehen lassen. Er konnte nicht seinen Traum sterben sehen.

„Wartet!", rief er. Als sich Qui-Gon umdrehte, fiel Obi-Wan als Zeichen der Demut auf die Knie. „Wenn ich einen Fehler gemacht habe, so bedeutet das nur, dass ich den besten Lehrer brauche. Werdet Ihr mich mitnehmen?"

Qui-Gon wandte sich langsam um und betrachtete den Jungen. Er zögerte, tief in Gedanken. „Nein."

„Qui-Gon Jinn, in drei Wochen werde ich dreizehn", erklärte Obi-Wan. Die Wahrheit zu sagen, war seine letzte Möglichkeit und er musste sie nutzen. „Ihr seid meine letzte Chance, ein Jedi-Ritter zu werden."

Qui-Gon schüttelte traurig den Kopf. „Es ist besser, einen Jungen nicht zum Ritter auszubilden, wenn so viel Zorn in ihm ist. Es wird immer das Risiko bestehen, dass er zur dunklen Seite übertreten wird."

Mit diesen Worten drehte sich der hoch gewachsene Jedi um und ging mit wehendem Umhang zur Tür.

Obi-Wan sprang auf die Füße. „Ich werde nicht zur dunklen Seite übertreten", sagte er voller Überzeugung.

Doch Qui-Gon verlangsamte weder seine Schritte, noch drehte er sich um. Einen Moment später war er verschwunden, so still und leise wie er gekommen war.

Eine Minute lang konnte Obi-Wan nur gelähmt in die Luft starren. Er wollte nicht begreifen, was geschehen war. Es war vorbei. Er hatte seine letzte Chance verspielt. Nichts blieb ihm mehr.

Seine Koffer waren gepackt, standen auf einer Bank. Er musste sie nur holen und zum Transporter mitnehmen, der ihn nach Bandomeer bringen sollte.

Er hob sein Kinn. Wenn er auch niemals ein Jedi werden würde, wollte er wenigstens den Tempel wie einer verlassen. Er würde nicht jammern. Er nahm seine Taschen und ging zu dem langen Korridor, der von der Kampfarena zur Landeplattform führte.

Er kam an der Meditationsgrotte vorbei, dem Speisesaal, den Klassenzimmern. Orte, an denen er gelernt, gekämpft und triumphiert hatte.

Das alles war sein Zuhause. Jetzt musste er es für eine Zukunft verlassen, um die er nicht gebeten hatte und die er nicht haben wollte.

Obi-Wan ging ein letztes Mal durch das Tor des Tempels. Er versuchte, seine Sorgen zu vergessen und in die Zukunft zu blicken, wie man es von ihm erwartete.

Doch es gelang ihm nicht.

Kapitel 5

Qui-Gon Jinn konnte den Anblick von Obi-Wans verzweifeltem Gesicht nicht mehr vergessen. Der Junge hatte versucht, seine Gefühle zu verbergen, doch sie waren in jedem seiner Gesichtszüge zu lesen gewesen.

Qui-Gon saß still im Sternenkartenraum. Von allen Räumen im Tempel war ihm dieser am liebsten. Über ihm wölbte sich eine samtblaue Kuppel. Das einzige Licht kam von den Planeten und Sternen um ihn herum. Sie waren wie Stecknadelköpfe, die sich in allen Farben des Spektrums vom Blau der Kuppel abhoben. Er musste nur seine Hand ausstrecken und einen der Planeten berühren und sofort erschien ein Hologramm, das dessen physikalische Eigenschaften, seine Satelliten und seine Regierungsform darstellte.

Wissen war hier so leicht zu erlangen. Doch wenn es um die Angelegenheiten des Herzens ging, dann blieb vieles ein Rätsel.

Qui-Gon redete sich ein, dass er die richtige Entscheidung getroffen hatte. Die einzig mögliche. Der Junge hatte gut gekämpft, aber zu wild. Das war gefährlich.

„Ich trage keine Verantwortung für den Jungen", sagte Qui-Gon laut.

„Sicher du bist?", fragte Yoda hinter ihm.

Qui-Gon drehte sich überrascht um. „Ich habe Euch nicht kommen hören", sagte er höflich.

Yoda kam in den Sternenkartenraum herein. „Ein Dutzend Jungen hat gekämpft für dich. Wenn heute keinen Padawan erwählst du, mindestens der Traum eines dieser Jungen sterben wird."

Qui-Gon betrachtete seufzend einen hellen, roten Stern. „Nächstes Jahr sind noch mehr Jungen da. Vielleicht werde ich dann einen Padawan wählen." Während seiner Besuche im Tempel hatte er Meister Yodas Anwesenheit immer geschätzt. Jetzt wünschte er, der Meister würde gehen. Er wollte über dieses Thema nicht sprechen. Aber er wusste, dass Yoda nicht gehen würde, bevor er nicht seine Meinung gesagt hatte.

„Vielleicht", stimmte Yoda zu, „oder vielleicht noch immer widerwillig du sein wirst. Was wird mit dem jungen Obi-Wan? Gut gekämpft er hat."

„Er hat ... wie besessen gekämpft", ergänzte Qui-Gon.

„Ja", sagte Yoda, „wie ein Junge, den gekannt vor langer Zeit ich habe –"

„Bitte", unterbrach ihn Qui-Gon. „Xanatos ist tot. Ich möchte nicht daran erinnert werden."

„Nicht von jenem ich sprach", sagte Yoda. „Von *dir* ich sprach."

Qui-Gon antwortete nicht. Yoda kannte ihn nur zu gut. Es war sinnlos ihm zu widersprechen.

„Stark ist er im Umgang mit der Macht“, bemerkte Yoda.

„Und zornig und rücksichtslos“, sagte Qui-Gon. Leichter Unmut färbte seinen Tonfall. „Und es ist wahrscheinlich, dass er übertritt.“

„Nicht alle zornigen jungen Männer zur dunklen Seite übertreten“, bemerkte Yoda ruhig. „Nicht wenn einen guten Lehrer sie haben.“

„Ich werde ihn nicht mitnehmen, Meister Yoda“, erklärte Qui-Gon bestimmt. Er wusste, dass Yoda den festen Willen in seinen Worten hörte.

„Nun denn“, sagte Yoda. „Doch nicht nur im Zufall wir leben unser Leben. Wenn keinen Schüler du mitnehmen wirst, dann wird vielleicht entscheiden das Schicksal irgendwann.“

„Vielleicht“, stimmte Qui-Gon zu. Er zögerte einen Augenblick, dann fragte er: „Was geschieht mit dem Jungen?“

„Für das Agrikultur-Korps er arbeiten wird.“

Qui-Gon stöhnte. „Ein Farmer?“ *Was für eine Talentverschwendung.* „Sag ihm ..., dass ich ihm Glück wünsche.“

„Zu spät“, erklärte Yoda. „Auf dem Weg nach Bandomeer er ist.“

„Bandomeer?“ Qui-Gon war überrascht.

„Kennst den Ort du?“

„Ob ich ihn kenne? Der Senat hat mich gebeten, dorthin zu gehen. Ich bin gerade im Begriff aufzubrechen. Ihr wusstet das oder nicht?" Qui-Gon beäugte den kleinen Meister misstrauisch.

„Hmmm ...", sagte Yoda. „Ich wusste es nicht. Doch mehr als ein Zufall dies ist. Seltsam die Wege der Macht sind."

„Aber warum wird der Junge nach Bandomeer geschickt?", fragte Qui-Gon. „Es ist eine brutale Welt. Wenn ihn das Wetter nicht umbringt, dann werden es die Raubtiere tun. Er braucht all seine Fähigkeiten, nur um am Leben zu bleiben – ganz abgesehen von dieser Sache mit dem Agri-Korps!"

„Ja, das dachte auch der Rat", sagte Yoda. „Ein guter Ort zu züchten Pflanzen mag Bandomeer nicht sein. Doch ein guter Ort für einen jungen Jedi zu wachsen es *ist*."

„Wenn er nicht umkommt", brummte Qui-Gon. „Ihr habt offensichtlich mehr Vertrauen in ihn als ich."

„Genau das ist es, worauf hinaus ich will", sagte Meister Yoda kichernd. „Besser zuhören du musst."

Mit einem resignierenden Seufzer wandte Qui-Gon seine Aufmerksamkeit wieder den Sternen zu.

„Die Sterne studieren magst du, Qui-Gon", sagte Yoda im Gehen. „Viel dir beizubringen haben sie. Doch ist es, was zu lernen du hast?"

Kapitel 6

Die *Monument* war eine alte corellianische Barke, zerbeult und gezeichnet von Meteortreffern. Sie hatte die Form einer viereckigen Kiste und an der Vorderseite waren jede Menge Frachtboxen befestigt, die sie nach Bandomeer bringen sollte. Es war das hässlichste und schmutzigste Schiff, das sich Obi-Wan überhaupt vorstellen konnte.

Wenn das Äußere hässlich war, dann war das Innenleben geradezu verfault. Die heruntergekommenen Korridore rochen nach dem Dunst von Minenarbeitern und den verschwitzten Körpern der verschiedensten Spezies. Wartungsluken standen offen, so dass Kabel und Druckschläuche – die Innereien des Schiffes – wie aus einer offenen Wunde herausquollen.

Überall auf der *Monument* krochen gewaltige Hutts wie riesige Echsen herum. Whiphiden mit schmutzigem Fell und Fangzähnen liefen durch die Korridore. Große Arconier mit dreieckigen Köpfen und leuchtenden Augen bewegten sich in kleinen Gruppen fort.

Obi-Wan lief wie benommen herum, seine Taschen unter den Armen. Niemand hatte am Einstiegstor gestanden, um ihn zu empfangen. Niemand schien überhaupt Notiz von ihm zu nehmen. Plötzlich fiel ihm ein, dass er das Datapad in seinem Zimmer zurückgelassen hatte, das ihm Dozentin Vant gegeben hatte. Darauf hatte seine Kabinennummer gestanden.

Er sah sich nach einem Crewmitglied um, fand aber nur Minenarbeiter, die nach Bandomeer gebracht werden sollten. Obi-Wan marschierte mit wachsendem Unbehagen weiter. Das Schiff war befremdend und Furcht erregend. Es war so anders als die ruhigen, hellen Gänge des Tempels, wo er auf jedem seiner Schritte das Plätschern der Brunnen hören konnte. Er kannte jeden Winkel des Tempels, wusste den schnellsten Weg von der Arena, wo das richtige Hinfallen und Gleichgewichtsübungen trainiert wurden, zum Pool, wo er vom höchsten Turm heruntergesprungen war ...

Obi-Wans Schritte wurden langsamer und langsamer. Was tat Bant wohl in diesem Augenblick? War sie in der Klasse oder im Einzelunterricht? Schwamm sie mit Reeft und Garen Muln im Pool? Wenn seine Freunde überhaupt an ihn dachten, dann stellten sie sich bestimmt nicht vor, dass er an diesem entsetzlichen Ort gelandet war.

Plötzlich stellte sich ihm ein großer Hutt in den Weg. Noch bevor Obi-Wan ein Wort sagen konnte, packte ihn der Hutt an der Kehle, hob ihn hoch und schlug ihn gegen die Wand.

„Was glaubst du denn, wo du hingehst, Schnecke?"

„Äh, wie bitte?", fragte Obi-Wan überrascht. Was hatte er falsch gemacht? Er war doch nur den Gang entlangmarschiert. Voller Unbehagen bemerkte er, dass zwei besonders gefährlich aussehende Whiphiden hinter dem Hutt standen. „B-Bandomeer", stammelte er.

Der Hutt sah Obi-Wan an, als wäre der ein Maulvoll Nahrung. Die gewaltige Zunge der Kreatur rollte sich aus dem Mund hervor und glitt über die grauen Lippen, wobei sie eine Schleimspur hinterließ.

„Du hast keine Schiffsuniform an und du gehörst nicht zu Offworld."

Obi-Wan sah an seiner Kleidung herab. Er trug eine weite, graue Tunika. Auf einmal bemerkte er, dass der Hutt vor ihm ein schwarzes, dreieckiges Abzeichen trug, auf dem ein hellroter Planet zu sehen war, der wie ein Auge erschien. Ein silberfarbenes Raumschiff, das den Planeten umkreiste, stellte die Iris des Auges dar. Unter dem Logo standen die Worte *Offworld Mining*. Die Whiphiden trugen dasselbe Symbol.

„Er muss von der anderen Truppe stammen", sagte einer der Whiphiden.

„Vielleicht ist er ein Spion", grummelte der andere. „Was glaubst du, hat er in den Taschen? Bomben?"

Der Hutt kam mit seinem riesigen, grotesken Gesicht dicht an Obi-Wan heran. „Jeder Minenarbeiter, der nicht für Offworld arbeitet, ist der Feind", brüllte er und schüttelte Obi-Wan hart durch. „Du, Schnecke, bist ein Feind.

Und wir lassen keine Feinde in das Offworld-Territorium."

Die Finger des Hutt waren wie riesige Fleischbrocken. Sie schlossen sich immer enger um Obi-Wans Hals und würgten ihn. Obi-Wan ließ hustend seine Taschen fallen und griff nach den Fingern des Hutt. Seine Lungen brannten und der Raum begann sich zu drehen.

Unter Einsatz all seiner Kraft schaffte Obi-Wan es, die Finger des Hutt lange genug von seinem Hals wegzudrücken, um einen kurzen Atemzug zu tun. Er starrte in die bösartigen, kalten Augen des Hutt und versuchte, die Macht anzuwenden.

„Lass mich in Ruhe", keuchte Obi-Wan und rang um Atem. Er ließ die Macht den Befehl zu dem Hutt tragen, um seinen Willen zu brechen, ihn von seinem Vorhaben abzubringen. Doch dies war kein Kampf mit einem seiner Mitschüler. Er fühlte schiere Boshaftigkeit ohne eine Spur von Gewissen. Hier gab es keine Regeln, keinen Yoda, der den Kampf unterbrach.

„Dich in Ruhe lassen? Warum?", dröhnte der Hutt gleichermaßen amüsiert wie gemein.

Das fängt ja gut an, dachte Obi-Wan verzweifelt.

Das Letzte, woran er sich erinnern konnte, war die Faust des Hutt, die geradewegs auf ihn zukam.

Kapitel 7

Obi-Wan erwachte auf einer Liege in einem warmen, hell erleuchteten Raum. Er sah alles nur verschwommen und ihm war schwindlig. Ein Medi-Droide lehnte über ihm und brachte Hautkleber auf seine Wunden auf, überprüfte, ob er sich etwas gebrochen hatte.

Eine junge Frau mit rotbraunem Haar und grünen Augen stand auf der anderen Seite des Zimmers und sah zu ihm herüber. „Hat dir niemand gesagt, dass man sich nicht mit einem Hutt anlegt?", fragte sie.

Obi-Wan versuchte, seinen Kopf zu schütteln, doch die geringste Bewegung erfüllte ihn mit Schmerzen. Er atmete tief ein. Er erinnerte sich an sein Jedi-Training und akzeptierte den Schmerz als ein Signal, das sein Körper ihm sandte. Er musste den Schmerz hinnehmen, ihn respektieren, nicht bekämpfen. Nur so konnte er seinen Körper zur Heilung bewegen.

Als er seine Gedanken darauf konzentriert hatte, schien der Schmerz nachzulassen. Er drehte sich zu der Frau. „Es sah nicht so aus, als hätte ich eine Wahl gehabt."

„Ich weiß, was du meinst." Die Frau lächelte ihn an.

„Wie auch immer, du hast überlebt. Das ist schon mal etwas." Sie kam näher an die Liege heran.

„Du hast Glück gehabt, dass ich dich gefunden habe. Du bist keiner von uns."

„Uns?", fragte Obi-Wan. Er blinzelte sie an. Sie trug einen orangefarbenen Arbeitsoverall mit einem grünen Dreieck darauf.

„Wir sind die Arcona Mineral Harvest Corporation", erklärte die Frau. „Wenn du nicht für uns arbeitest, wieso haben dich die Offworld-Leute dann angegriffen?"

Obi-Wan versuchte, mit der Schulter zu zucken, doch es durchfuhr ihn sofort ein starker Schmerz. Manchmal war es schwer, die Signale des Körpers zu respektieren. „Das weiß ich nicht. Ich habe nur meine Kabine gesucht."

„Du bist einer von der harten Sorte", sagte die Frau anerkennend. „Nicht jeder übersteht den Schlag eines Hutt. Bist du an Bord gekommen, um dich nach einem Job umzusehen? Wir könnten dich bei Arcona Harvest brauchen. Ich bin Clat'Ha, leitender Betriebsmanager." Sie war ziemlich jung für die Chefin eines Minenunternehmens – vielleicht fünfundzwanzig.

„Ich habe schon einen Job", erklärte Obi-Wan und versuchte, seinen Mund mit der Zunge zu erkunden. Erleichtert stellte er fest, dass er noch alle Zähne hatte. „Ich bin Obi-Wan Kenobi. Ich gehöre zum Agri-Korps."

Clat'Has Kiefer klappte nach unten. „Du bist der junge Jedi? Die Schiffscrew hat dich überall gesucht."

Er versuchte sich aufzusetzen, doch Clat'Ha drückte

ihn energisch wieder nach unten. „Bleib liegen. Du kannst noch nicht aufstehen."

Er legte sich wieder hin und Clat'Ha ließ ihn los. „Viel Glück, Obi-Wan Kenobi", sagte sie. „Pass gut auf dich auf. Du bist mitten in einen Krieg geraten. Du hast Glück, dass du noch am Leben bist. Das nächste Mal hast du vielleicht weniger Glück." Sie wandte sich um, doch Obi-Wan fasste sie bei der Hand.

„Warte", sagte er, „das verstehe ich nicht. Was für ein Krieg? Wer kämpft da?"

„Der Offworld-Krieg", antwortete Clat'Ha. „Du müsstest davon gehört haben."

Obi-Wan schüttelte den Kopf. Wie sollte er jemals erklären, dass er sein Leben lang im Jedi-Tempel gelebt hatte? Er wusste mehr über die Wege der Macht als über die des restlichen Universums.

„Offworld ist eine der ältesten und reichsten Minenfirmen der Galaxis", erzählte Clat'Ha. „Und sie ist nur so weit gekommen, weil sie keine Konkurrenz duldet. Minenarbeiter, die sich ihr in den Weg stellen, neigen dazu, ums Leben zu kommen."

„Wer ist ihr Anführer?"

„Niemand weiß, wem Offworld gehört", sagte Clat'Ha. „Wahrscheinlich jemandem, der schon Jahrhunderte alt ist. Und ich bin nicht mal sicher, ob wir beweisen können, dass er oder sie für die Morde verantwortlich ist. Doch der Chef auf diesem Bandomeer-Transport ist ein besonders skrupelloser Hutt namens Jemba."

Obi-Wan wiederholte den Namen in Gedanken. *Jemba*. Vielleicht war es Jemba gewesen, der ihn angegriffen hatte. „Skrupellos? Inwiefern?"

Clat'Ha sah über ihre Schulter, besorgt, dass sie jemand hören könnte. „Offworld benutzt die billigsten Arbeiter. Draußen am Äußeren Rand, auf einem Planeten wie Bandomeer, sind die Hälfte von Jembas Arbeitern Whiphiden-Sklaven. Doch das ist nicht das Schlimmste." Clat'Ha zögerte.

„Was ist das Schlimmste?", fragte Obi-Wan.

Clat'Has dunkle Augen blitzten. „Vor ungefähr fünf Jahren war Jemba Offworlds Crewboss auf dem Planeten Varristad. Dort arbeitete auch eine andere Firma, die neu im Geschäft war. Varristad ist ein kleiner Planet ohne Atmosphäre und die Arbeiter lebten alle unter einer riesigen unterirdischen Kuppel. Irgendjemand oder irgendetwas hatte ein Loch in diese Kuppel geschlagen – die künstliche Atmosphäre war sofort zerstört. Eine Viertelmillion Leute wurde dabei getötet. Keiner konnte jemals beweisen, dass Jemba es getan hatte, doch als die andere Firma bankrott war, kaufte Offworld die Schürfrechte praktisch zum Nulltarif. Er machte einen Riesenprofit für sie. Und jetzt auf Bandomeer haben wir mit eben jenem Jemba zu tun."

„Bist du sicher, dass es Absicht war?", fragte Obi-Wan. „Vielleicht war es ein Unfall."

Clat'Ha schien nicht überzeugt. „Vielleicht. Aber Unfälle begleiten Jemba wie der Gestank die Whiphiden – Unfälle wie der, der dir zugestoßen ist. Also pass auf."

Da war noch etwas, was sie ihm nicht gesagt hatte. Obi-Wan konnte es fühlen – ein alter Schmerz, der Wunsch nach Rache. „Wen kanntest du auf Varristad?", fragte er.

Clat'Ha öffnete überrascht ihren Mund. Störrisch schüttelte sie den Kopf. „Niemanden." Sie log.

Er sah ihr tief in die Augen. „Clat'Ha, wir können nicht zulassen, dass das weitergeht. Die *Monument* gehört nicht Offworld! Sie können nicht einfach herumlaufen und Leute verprügeln!"

Clat'Ha seufzte. „Vielleicht ist es nicht ihr Schiff, aber das Verhältnis zwischen Offworld-Minenarbeitern und der restlichen Crew liegt bei dreißig zu eins. Der Captain hat nicht viele Möglichkeiten, dich zu beschützen. Wenn ich also du wäre, dann würde ich ihrem Gebiet fern bleiben. Du bist auf unserer Seite des Schiffes jederzeit willkommen." Sie ging zur Tür und drehte sich noch einmal um. Dabei grinste sie und ihr ernstes Gesicht sah plötzlich jung und aufmüpfig aus. „Wenn du sie findest."

Obi-Wan grinste zurück. Doch es war ihm unerklärlich, dass Clat'Ha diese Ungerechtigkeit duldete. Er verstand es nicht. Er war in einer Welt aufgewachsen, in der Streit mit Worten gelöst und zwischen Gegnern vermittelt wurde. Daher konnte offensichtliches Unrecht nicht geschehen.

„Clat'Ha, das ist nicht in Ordnung", sagte er ernst. „Wieso sollten wir uns von ihrer Seite des Schiffes fern halten? Warum akzeptierst du das?"

Clat'Ha errötete. „Weil ich sie nicht auf *meiner* Seite des Schiffes haben will! Obi-Wan, hör mir gut zu", bat sie eindringlich, „um Jemba herum passieren Unfälle. Bohrplattformen explodieren, Tunnel stürzen ein und Leute sterben. Ich möchte nicht die Spione und Saboteure seiner Firma auf meiner Seite der *Monument* haben, genauso wenig wie er meine auf seiner Seite haben will. Also akzeptiere die Dinge so, wie sie sind. Das ist besser für alle."

Sie verließ den Raum und die Schwingtür fiel hinter ihr zu. Die Ecken der Tür schienen zu vibrieren. Obi-Wan erkannte, dass die Hitze, die er spürte, nicht nur von seinem Zorn über die Ungerechtigkeit kam. Sein Körper brannte. Er versuchte, das Feuer und den Schmerz zu akzeptieren, doch ihm wurde schwindlig. Er fiel zurück auf die Liege und hielt sich den Kopf, während der Raum sich drehte.

Kapitel 8

Obi-Wan träumte, er wäre im Jedi-Tempel und ginge unter den Sternenkarten umher. Er streckte den Arm aus und berührte den Stern, der Bandomeer am nächsten lag. Ein Hologramm erschien und ein längst verstorbener Meister sagte: „Bandomeer: Der Ort, an dem du sterben wirst, wenn du nicht Acht gibst."

Er wachte in der Krankenstation auf. Schläuche führten in seine Arme und über Mund und Nase hatte er eine Atemmaske. Einen Moment lang dachte er, er träume noch – Qui-Gon Jinn lehnte sich über ihn. Dann spürte er die große, kühle Hand des Jedi auf seiner Stirn und Obi-Wan wurde bewusst, dass er wach war.

„W … wie?", flüsterte Obi-Wan.

Qui-Gon zog seine Hand weg und tat einen Schritt zurück. „Versuch nicht, zu sprechen", sagte er sanft. „Du hattest hohes Fieber, aber wir haben etwas dagegen unternommen. Deine Wunden waren so schlimm, dass die Mediziner sie nicht mehr behandeln konnten."

„Seid das wirklich Ihr?", fragte Obi-Wan und versuchte, Ordnung in sein verwirrtes Gehirn zu bringen.

Qui-Gon lächelte. Es war das erste Mal, dass Obi-Wan ihn lachen sah und er bemerkte, dass Qui-Gon nicht nur kühl und überlegen war. „Ja, ich bin es wirklich“, sagte er.

„Seid Ihr gekommen, um nach mir zu sehen?“, fragte Obi-Wan hoffnungsvoll. Normalerweise hätte er keine solch einfältige Frage gestellt, er war jedoch zu schwach, um zu erkennen, warum der Jedi hier war.

Qui-Gon schüttelte den Kopf. „Ich bin ebenfalls auf dem Weg nach Bandomeer. Ich bin auf einer Mission für den Galaktischen Senat. Unsere Aufträge haben nichts miteinander zu tun.“

„Und doch sind wir zusammen“, sagte Obi-Wan. „Ihr könntet mir zeigen –“

Doch Qui-Gon schüttelte noch einmal den Kopf. „Nein Obi-Wan, deswegen bin ich nicht hier. Für unsere Bestimmungen müssen wir unterschiedliche Wege gehen. Es wird Zeit, dass du die Leute kennen lernst, denen du dienen sollst. Du musst mich vergessen. Du musst den Jedi auf eine andere Art dienen. Nicht als Ritter. Auch darin liegt viel Ehre.“

Er sagte es nicht mit Härte. Doch Qui-Gons Worte trafen Obi-Wan wie ein Donnerschlag. Es schien, als ob seine Hoffnungen jedes Mal zerstört würden, wenn sie gerade erst aufkeimten.

Obi-Wan wurde klar, dass Qui-Gon nichts mit ihm zu tun haben wollte, obwohl ein Zufall sie beide auf dasselbe Schiff geführt hatte. Wenn die Gerüchte stimmten, dann erweckte Obi-Wan oder jeder andere Anwärter in seinem Alter in Qui-Gon nur schmerzliche Erinnerungen an den Schüler, den er verloren hatte. Obi-Wan konnte nicht gegen Qui-Gons Vergangenheit kämpfen.

Er versuchte, seine Enttäuschung zu verbergen und obwohl er schwach war, gefasst zu wirken. „Ich verstehe", sagte Obi-Wan.

Die Tür der Krankenstation öffnete sich einen Spalt weit. Ein dreieckiger Kopf zeigte sich und leuchtende, grüne Augen spähten nach Obi-Wan. Als der Eindringling bemerkte, dass Obi-Wan ihn gesehen hatte, schloss sich die Tür schnell wieder.

Obi-Wan drehte sich zu Qui-Gon. „Ihr habt Recht. Es ist besser, wenn ich mich auf meine Mission konzentriere. Ich werde –" Er verstummte, als die Tür wieder einen Spalt weit aufging. Obi-Wan versuchte, sich auf seine Ellbogen zu stützen. „Komm doch herein!", rief er dem Eindringling zu.

Ein Arconier schlich in das Zimmer. Er war etwas kleiner als die meisten anderen, seine Haut war eher grün als grau. „Wir wollten nicht stören ..."

„Ist schon in Ordnung", sagte Obi-Wan freundlich.

„... doch man sagte uns, wir sollten uns hier mit Clat'Ha treffen. Es gibt da etwas, was sie mit uns besprechen muss. Wir haben gehört, dass es einen heftigen Kampf zwischen einem Jungen und einem Hutt gegeben und der Junge überlebt hat", sagte der Arconier leise. „Wir wollten den großen Helden sehen. Wir wollten nicht stören. Wir werden draußen warten." Er wollte gehen.

Obi-Wan warf einen Blick über die Schulter des Arconiers, bis ihm einfiel, dass die Arconier immer von ‚wir' sprachen, wenn sie sich selbst meinten. Das individuelle Ich war ihnen fremd und sie verbrachten ihr ganzes Leben in Gruppen.

„Vielleicht ist es besser, wenn ich dir gleich sage, was passiert ist", erklärte Obi-Wan. „Erstens war es kein großer Kampf. Der Hutt hat mich einfach gepackt, hochgehoben und so lange gewürgt, bis ich ohnmächtig wurde. Ich bin kein Held."

„Dass du überhaupt überlebt hast, ist schon eine Leistung", bemerkte Qui-Gon.

„Genau." Der Arconier kam ein paar Schritte näher. „Wir haben vor den Hutts große Angst. Ihr habt Stärke und Mut gezeigt. Das bewundern wir. Ihr *seid* ein Held."

Obi-Wan sah Qui-Gon hilflos an. Es war ihm klar, dass er den Arconier nicht von seiner Sicht der Dinge abbringen konnte. Qui-Gon wandte sich ab, um ein Grinsen zu verbergen.

„Setz dich und sag, wer du bist", sagte Obi-Wan. „An diesem Ort brauche ich alle Freunde, die ich finden kann."

„Unser Name ist Si Treemba", sagte der Arconier und setzte sich auf einen Stuhl. „Wir wissen, dass Euer Name Obi-Wan Kenobi ist. Wir wären geehrt, Euer Freund sein zu dürfen."

Die Tür der Krankenstation ging auf. Clat'Ha kam mit einem ungeduldigen Gesichtsausdruck hereingelaufen.

„Gut, dass du da bist", sagte sie zu Si Treemba. Er stand auf. „Wir …", begann er, doch Clat'Ha schnitt ihm das Wort ab, indem sie sich Qui-Gon zuwandte.

„Wir haben ein Problem", sagte sie scharf. „Jemand hat an unserer Ausrüstung herumgespielt. Der junge Si Treemba hat das bei einer Routineinspektion festgestellt. Wir haben drei arconische Tunnelfräsmaschinen im Lager und an allen dreien wurde manipuliert."

„Inwiefern?", fragte Qui-Gon.

Si Treemba kam nach vorn. „Die Thermocoms, die die Außentemperatur der Tunnelfräse überwachen, sind entfernt worden, mein Herr. Außerdem wurden die Kernkupplungen so fixiert, dass sie sich nicht mehr abschalten lassen."

„Was heißt das?", fragte Obi-Wan.

Qui-Gon dachte einen Augenblick nach. „Die arconischen Tunnelfräsen sind Maschinen, die sich durch Fels und Erde bohren. Wenn sie das tun, erhitzt die Reibung der Hülle am Gestein die Maschine sehr stark. Ohne die Thermocoms würde das Kühlsystem nicht funktionieren. Und wenn an den Kernkupplungen manipuliert wurde, würde der Fahrer die Maschine nicht mehr abstellen können. Sie würde einfach weitergraben, bis sie durch die Hitze schmilzt. Alle Insassen würden umkommen."

„Genau", sagte Clat'Ha zornig. „Ich denke, wir wissen, wer dafür verantwortlich ist."

Eine dröhnende Stimme von der Tür. „Sie batha ne beechee ta Jemba?“ *Redet Ihr über mich, den großen Jemba?*

Der Hutt vor der Tür war viel größer als der, der Obi-Wan angegriffen hatte. Hutts konnten hunderte von Jahren alt werden und sie hörten niemals auf zu wachsen – weder in ihrer Größe noch in ihrer Boshaftigkeit. Dieser hier, Jemba, hatte ein solch riesiges Maul, dass er drei Männer gleichzeitig hätte schlucken können. Jembas gewaltiges Gesicht und seine Augen füllten den Türrahmen aus.

„Ja“, sagte Qui-Gon ruhig, „wir haben von Euch gesprochen, oh großer Jemba. Kommt herein – wenn Ihr könnt.“

Jemba beugte sich nach unten. „Es ist schon viele Jahre her, dass ich mich durch ein solch kleines Loch quetschen konnte, Jedi“, polterte Jemba. „Wieso kommst du nicht heraus?“ Er leckte sich die Lippen.

Qui-Gon ging zur Tür und stellte sich vor den Hutt. „Ihr seid der Sabotage an arconischen Tunnelfräsen beschuldigt worden.“

„Aaaaarg!“, rief Jemba und zog sich etwas zurück. Er legte seine Hand auf sein oberstes Herz, eine huttische Geste, die Unschuld bekunden sollte. „Niemals! Ich schwöre, Jedi, ich habe es nicht getan. Sehe ich aus wie eine Kreatur, die herumschleicht und anderer Leute Ausrüstung manipuliert?“

Obi-Wan glaubte ihm keine Sekunde lang, musste jedoch beinahe lachen bei dem Gedanken, der Hutt könne irgendwo *herumschleichen*.

„Natürlich glaube ich, dass Ihr es nicht persönlich wart, oh Größter", sagte Qui-Gon. „Aber jemand von Eurer Crew hätte es unter Eurer Anleitung getan haben können."

„Aaaaarg! Aaaaarg!" Jemba rutschte wie ein gigantischer Wurm rückwärts und schlug wieder mit der Hand auf sein oberstes Herz. „Ich bin schmerzlich getroffen von diesen Anschuldigungen! Ich weiß nichts von dieser Sache. Schau in meine Herzen, Jedi, und du wirst sehen, dass ich nicht lüge! Warum denkt jeder, dass ich schlecht bin, nur weil ich ein Hutt bin?", fragte Jemba. „Ich bin ein ehrlicher Geschäftsmann."

„Genug davon", sagte Clat'Ha angewidert. Sie schob sich nach vorn, um Jemba in die Augen zu sehen. Die Hände hielt sie dicht bei den Hüften, knapp über dem Blaster, der an ihr linkes Bein geschnallt war. „Natürlich war es jemand von deiner Crew!"

„Ich schwöre, ich weiß nichts davon!", brüllte Jemba.

Clat'Ha griff nach ihrem Blaster.

Qui-Gon hob mahnend die Hand und hielt sie zurück.

„Vielleicht", sagte Jemba und kniff seine Augen zu schmalen Schlitzen zusammen, „waren es deine Leute, um mir zu schaden. Dein unbegründeter Hass gegen mich ist allgemein bekannt. Du hast bereits die Minengilde gebeten, Offworld von Bandomeer auszuweisen. Mit deinen Verdächtigungen gegen mich und meine Crew hoffst du, mich auf dem Rechtsweg loszuwerden."

„Es ist mir egal, ob ich dich legal oder sonst wie loswerde", sagte Clat'Ha aufgebracht. „Ich will, dass du verschwindest!"

„Genau!", brüllte Jemba. Der große Hutt sah Qui-Gon flehend an. „Siehst du, womit ich hier konfrontiert bin? Wie kann ein Hutt gegen solch unbegründeten Hass ankämpfen?"

„Entschuldige, Jemba", sagte Clat'Ha in gespielter Höflichkeit, „aber es ist nicht unbegründet, einen verlogenen, hinterhältigen und feigen Mörder zu hassen."

Der gewaltige Körper des Hutt schwoll vor Empörung plötzlich noch mehr an. „Wir haben Bandomeer noch nicht einmal erreicht", sagte Jemba, „und diese Frau hat versucht, mich vor der Minengilde zu diskreditieren. Jetzt ist sie dabei, mich hereinzulegen! Hört, wie sie mit mir spricht. Es liegt kein Respekt in ihrer Stimme."

„Ich respektiere dich vielleicht nicht, Jemba", antwortete Clat'Ha kalt, „aber ich habe dich sicherlich nicht hereingelegt. Deine Lügen sind genauso einfältig wie deine Unschuldsbekundungen."

Jemba brüllte ärgerlich und baute sich vor Clat'Ha auf. Er schob sich gegen den Türrahmen, der unter dem Druck zu brechen und zu splittern begann. Si Treemba zischte ängstlich und presste sich gegen die Wand. Obi-Wan sah fasziniert zu. Der Hutt hätte die gesamte Krankenstation zum Einsturz bringen können!

Clat'Ha zog ihren Blaster, doch Qui-Gon stellte sich vor sie und hob erneut seine Hand. Er sah dem Hutt tief in die Augen. Obi-Wan spürte, wie die Gewalt der Macht den Raum erfüllte.

„Genug", sagte Qui-Gon ruhig.

Jemba hörte auf, sich in den Raum zu stemmen. Der Hutt wusste, dass er nicht bis zu Clat'Ha vordringen konnte. Qui-Gon sah sie an. Langsam senkte sie ihren Blaster und befestigte ihn wieder in der Haltevorrichtung an ihrem Bein. Obi-Wan bewunderte Qui-Gons Fähigkeiten. Er spürte einen Anflug von Bedauern. Da gab es so vieles, was er gern von diesem Jedi gelernt hätte.

„Also", sagte Qui-Gon mit ruhiger Stimme, „lasst uns noch einmal die Situation betrachten. An den Maschinen wurde manipuliert. Ihr versichert beide, dass ihr es nicht wart. Es gibt keine andere Möglichkeit dies auszutragen, als im offenen Kampf." Qui-Gon sah beide abwechselnd an. „Und das möchte wohl niemand von euch, da bin ich mir sicher."

„Jedi", sagte Jemba, „Du glaubst, dass du ein gerechter Mensch bist. Aber wenn Hutts und Menschen streiten, dann verbünden sich sogar die gerechtesten Menschen gegen mein Volk."

Die Stimme des Hutt versprühte puren Hass. „Wenn sie Krieg will, dann kann sie Krieg haben. Und wenn du auf *ihrer* Seite stehst, dann schwöre ich, ich werde dich zerquetschen wie eine Pta-Frucht! Dein Jedi-Status wird dich nicht schützen!"

Die Drohung hing in der Luft. Es war offensichtlich, dass der Hutt meinte, was er sagte. Er war willens, jeden umzubringen, der sich ihm in den Weg stellte. Obi-Wan war noch niemals einer solch bösartigen Kreatur begegnet.

Die Situation wäre so einfach zu lösen, dachte Obi-Wan. Der Hutt war angreifbar, gefangen in dem engen Gang vor der Krankenstation. Qui-Gon hätte sein Lichtschwert ziehen, zustoßen und den Hutt in zwei Hälften schneiden können.

Doch Qui-Gon nickte nur höflich. „Danke für die Warnung", sagte er.

Natürlich, bemerkte Obi-Wan, *diese Warnung ist ein Geschenk.*

Jemba nickte, als wäre er zufrieden, dann glitt er den Korridor hinab. Clat'Ha atmete erleichtert auf.

„Das lief ja hervorragend", murmelte sie und ging hektisch zur Tür. „Ich muss meine Leute warnen. Wenn das kein Krieg ist, dann ist es etwas ganz Ähnliches." Clat'Ha hastete hinaus.

Qui-Gon schüttelte traurig den Kopf. „Zwischen den beiden herrscht starker Hass. Keiner von beiden wird zuhören."

„Ich verstehe das nicht", sagte Obi-Wan. „Warum habt Ihr den Hutt gehen lassen? Er mag unschuldig an dem Verbrechen sein, dessen man ihn nun beschuldigt, aber ich bin sicher, dass er für andere schuldig ist."

„Ja, er ist schuldig", stimmte Qui-Gon zu. „Aber Clat'Ha kann sich selbst verteidigen. Als Jedi sind wir verpflichtet, nur denen zu helfen, die keine andere Möglichkeit zur Verteidigung haben."

„Dennoch könnte jemand von Jembas Crew die Tunnelfräsen manipuliert haben. Wieso versucht er nicht selbst herauszufinden, wer es war?", fragte Obi-Wan.

„Wenn es tatsächlich einer von Jembas Leuten getan hat, dann wird ihn das vor der Minengilde schlecht aussehen lassen. Es könnte sein, dass er dann für immer von Bandomeer ausgewiesen wird. Er weiß das und deswegen wird er nicht mit dem Finger auf sich selbst zeigen."

„Ah", sagte Si Treemba, „und Clat'Ha denkt wahrscheinlich dasselbe. Wenn jemand mitbekommen würde, dass einer ihrer Arbeiter versucht, Jemba hereinzulegen, wäre die Minengilde sehr ungehalten."

„Es dürfte doch nicht so schwierig sein herauszufinden, wer die Tunnelfräsen tatsächlich manipuliert hat", erklärte Obi-Wan aufgeregt.

Qui-Gon hob die Augenbraue. „Dies ist nicht deine Angelegenheit", warnte er. „Wenn du nach den Thermocoms suchen würdest, würdest du nur Ärger bekommen. Du musst dich da heraushalten. Und bleibe der Offworld-Seite des Schiffes fern. Du hast dich noch nicht ganz erholt, Obi-Wan."

Damit drehte sich Qui-Gon um und verließ den Raum. Obi-Wan wartete noch ein paar Sekunden. Dann stand er vorsichtig vom Bett auf.

„Aber der Jedi hat gesagt, Ihr wäret noch nicht ganz erholt", rief Si Treemba voller Besorgnis.

„Si Treemba", sagte Obi-Wan langsam. „Wie groß sind diese Thermocoms?"

„Nicht groß." Si Treemba hielt seine Hände vielleicht acht Zentimeter voneinander entfernt hoch. „Sind nicht sehr schwer zu verstecken."

„Wenn wir diese Thermocoms finden, dann wissen wir, wer es getan hat", erklärte Obi-Wan.

„Das ist wahr, Obi-Wan", stimmte Si Treemba zu. Er verstummte und gab den bekannten, eigenartigen Zischlaut von sich. „Es tut uns Leid, doch wenn Ihr ‚wir' sagt ..."

„Ich meine dich und mich", erklärte Obi-Wan.

„Ah", sagte Si Treemba. Seine grünliche Haut schien bleich zu werden. „Wir müssten auf die Offworld-Seite des Schiffes gehen."

„Ich weiß", meinte Obi-Wan ruhig. Er kannte das Risiko. Und Qui-Gon hatte ihn angewiesen, nicht zu gehen. Doch er war nicht Qui-Gons Schüler. Er war nicht ehrengebunden, ihm zu gehorchen.

Es bestand kein Zweifel, dass Qui-Gon ihn dieser Aufgabe nicht für würdig fand. Doch Qui-Gons Einwände verblassten angesichts der höchsten Jedi-Prinzipien. Gerechtigkeit musste hergestellt werden.

„Si Treemba, Clat'Ha ist sehr mutig", erklärte Obi-Wan. „Aber Jemba ist mächtiger. Er ist ebenso skrupellos wie scharfsinnig und wird vor nichts zurückschrecken. Deswegen muss man ihn aufhalten. So einfach – und gleichzeitig schwer – ist das. Ich verstehe, wenn du mir nicht helfen möchtest. Wirklich. Wir werden dennoch Freunde bleiben."

Si Treemba schluckte. „Wir werden Euch folgen, Obi-Wan", sagte er.

Kapitel 9

Das Gefühl, eine Mission zu haben, gab Obi-Wan wieder Kraft. Er und Si Treemba beschlossen, die arconische Hälfte der *Monument* zu durchsuchen. Es erschien sinnvoll, die einfachste Aufgabe zuerst zu erledigen.

Obi-Wan und Si Treemba konnten die Küchen, Lager, Schulungsräume und Lounges durchsuchen, ohne Verdacht zu erregen. Obi-Wan ließ sich von Si Treemba sogar in die Müllschächte abseilen. Sie fanden jedoch keine Spur von den gestohlenen Thermocoms.

„Wir müssen die Kabinen durchsuchen, Si Treemba", sagte Obi-Wan und fischte sich ein herunterhängendes Stück Müll aus den Haaren. Er seufzte. Über vierhundert arconische Minenarbeiter saßen in diesen Kabinen. Er konnte sich nicht vorstellen, dass sie ihn einfach ihre Räumlichkeiten durchsuchen ließen.

„Das wird kein Problem werden", meinte Si Treemba.

Obi-Wan hatte vergessen, wie Arconier denken. Sie hatten keine Begriffe für *ich* oder *meines*. Also konnte Si Treemba von Kabine zu Kabine gehen und jede Koje, jedes Lagerfach durchsuchen.

Ein Dutzend Male fragten Arconier: „Was tut ihr hier?"

Jedes Mal antwortete Si Treemba nur: „Wir suchen etwas, das verloren gegangen ist."

Und immer fragten die Arconier: „Sollen wir helfen?"

Si Treemba antwortete: „Wir brauchen keine Hilfe." Dann durchsuchten Si Treemba und Obi-Wan das Zimmer und gingen wieder.

Aber nicht alle, die für Arcona Mineral Harvest arbeiteten, waren Arconier. Manche waren kleine, silbern behaarte Meerianer, die nach Bandomeer zurückkehrten, manche waren Menschen. Obi-Wan musste mit diesen Leuten vorsichtig umgehen. Mehr als einmal hatte er sich dabei ertappt, wie er die Macht benutzte, um einen störrischen Minenarbeiter zu überreden, ihn das Zimmer durchsuchen zu lassen.

Es war eine kräftezehrende Arbeit für jemanden, der noch nicht ganz wieder hergestellt war, doch Obi-Wan ignorierte seinen Schmerz und seine Erschöpfung. Ein Jedi gab solchen Gefühlen nicht nach.

Nach einem langen Tag gingen Obi-Wan und Si Treemba in den Küchenbereich, um etwas zu essen. Obi-Wan aß ein komplettes Abendessen mit geröstetem Gorak-Vogel, gekocht in Malla-Blüten von Alderaan. Si aß arconische Fungi bedeckt mit Dactyl, einem gelben Ammonium-Kristall. Das arconische Essen roch wie … nun, die Fungi waren nicht schlecht, aber das Dactyl roch wie Gift.

Obi-Wan rümpfte die Nase. „Wie kann man sowas essen?"

Si Treemba lächelte. Seine facettierten Augen funkelten. „Manche Völker fragen sich, wie die Menschen Wasser trinken können und doch schmeckt es euch. Dactyl ist für uns so wichtig wie Wasser für euch." Nachdem er das gesagt hatte, nahm er ein paar der gelben Steine vom Teller und warf sie in den Mund wie Bonbons.

Als Obi-Wan nach dem Salz griff, zog Si Treemba seinen eigenen Teller ängstlich zurück.

„Salz erhöht unseren Dactylbedarf um das Hundertfache", erklärte er, „das ist für Arconier eine sehr gefährliche Substanz."

Obi-Wan streute das Salz über seinen Gorak-Vogel. „Ich glaube, wir haben alle unsere eigenen Gifte", sagte er und nahm hungrig einen Bissen.

Si Treemba grinste ihn an und knabberte an seinem Dactyl. Es ist fast, als wäre ich zurück im Tempel, dachte Obi-Wan, beim Essen mit Bant oder Reeft. Seine Freunde fehlten ihm, doch er mochte Si Treemba mehr und mehr, je länger er mit ihm zusammen war. Der Mut und die Entschlossenheit des Arconiers beeindruckten ihn. Und Obi-Wan war sich bewusst, dass es für Si nicht leicht war, sich von seiner Gruppe zu trennen und einem Fremden zu helfen.

„Weißt du", bemerkte Obi-Wan, „es gibt da eine Sache, die ich nicht verstehe. Jemba zieht eine gute Show ab. Dennoch glaube ich, dass er Angst vor Clat'Ha und den Arconiern hat."

Si Treemba schluckte einen Mundvoll Dactyl und Fungi. „Wir glauben, dass Ihr Recht habt, Obi-Wan. Er fürchtet uns. Auch wenn es nicht unsere Absicht ist, er weiß, dass wir ihn zerstören werden."

„Wie das?", fragte Obi-Wan.

„Bei Offworld Mining verdienen die Truppführer und Aufseher ein Vermögen, während die normalen Arbeiter fast nichts bekommen. Viele von ihnen sind Sklaven. Doch bei Arcona Mineral Harvest haben wir keine Vorarbeiter, keine Aufseher. Jeder Arbeiter bekommt Gewinnanteile. Das hat Offworld nicht gestört, bis Clat'Ha unser Oberster Betriebsmanager wurde. Da sie unsere Aktivitäten ausdehnen möchte, kontaktiert sie die guten Arbeiter bei Offworld. Wenn sie Sklaven sind, bietet Clat'Ha an, sie zu kaufen und in Freiheit für uns arbeiten zu lassen. Wenn sie Arbeitsverträge unterzeichnet haben, bietet sie an, die Verträge zu kaufen."

„Das hört sich fair an", meinte Obi-Wan.

„Es *ist* fair", stimmte Si Treemba zu. „Und genau deshalb hat Jemba Angst vor uns. Viele gute Arbeiter wollen bei uns anfangen. Wenn das geschieht, bleiben nur die schlechten Arbeiter bei Offworld."

„Ich verstehe", sagte Obi-Wan. „In ein paar Jahren wird Jemba bloß noch Truppführer haben und niemanden mehr, den er herumkommandieren kann. Das würde ihm gar nicht gefallen."

Si Treemba grinste kurz, wurde jedoch gleich wieder ernst. „Aber Jemba hat uns in die Enge getrieben. Er hat die Preise für Arbeitsverträge und Sklaven erhöht. Wir können es uns nicht länger leisten, Offworld-Arbeiter zu kaufen."

Obi-Wan begann zu begreifen, dass die Galaxis ein viel komplizierterer Ort war, als er je angenommen hatte. Der Tempel hatte ihn auf viele Dinge vorbereitet, aber nicht darauf. Er wusste, dass die meisten Welten in der Galaxis die Sklaverei verboten hatten, und er hatte angenommen, dass sie selten geworden war. Aber hunderte von Arbeitern waren in illegalen Anstellungen gefangen.

Obi-Wan erfüllte der Gedanke an Sklaverei mit Abscheu. Da Offworld für die Sklaven und ihre Ausbildung viel Geld bezahlt hatte, waren sie natürlich nicht willens, sie billig wieder zu verkaufen – oder sie kampflos gehen zu lassen. Clat'Ha hatte Recht gehabt, als sie Obi-Wan gesagt hatte, er wäre mitten in einen Krieg geraten. Dieser Kampf führte wahrscheinlich zu Aufruhr in Minencamps auf hunderten von Welten.

Er wollte mit dem Lichtschwert in den Händen auf die andere Seite des Schiffes laufen und jedes Unrecht wieder gerade rücken. Doch er wusste, dass das nicht der richtige Weg war. Er musste diese Thermocoms finden. Nur wenn man ihn entlarvte, könnte man Jemba bekämpfen.

Er schob seinen Teller weg. „Wir haben überall auf dieser Seite des Schiffes gesucht, Si", sagte er. „Die Thermocoms müssen sich auf Offworld-Territorium befinden."

Der Arconier holte tief Luft und ließ sie dann langsam wieder entweichen. „Gut. Wir freuen uns."

„Freuen?", fragte Obi-Wan. „Aber jetzt müssen wir in Offworld-Territorium eindringen. Ich dachte, du hast Angst vor den Hutts."

„Das haben wir", stimmte Si Treemba zu. „Dennoch freuen wir uns, da die Tatsache, dass die Thermocoms nicht hier sind, bedeutet, dass wir unschuldig sind. Jemand bei Offworld versucht tatsächlich, uns umzubringen."

„Ja, ich kann nachvollziehen, wie praktisch das wäre", witzelte Obi-Wan, obwohl er Si Treemba verstand. Die Arconier schlüpften aus Eiern und wuchsen in einem riesigen Nest auf – mit hunderten von Brüdern und Schwestern zusammen. Von ihrer Jugend an wurden sie trainiert, sich selbst als Teil einer Gruppe zu verstehen. Der Gedanke, dass jeder Arconier – jeder von Sis Brüdern und Schwestern – etwas tun würde, was die Gruppe verletzen oder beschämen könnte, erfüllte Si Treemba mit Angst.

„Du bist also bereit, das Territorium der Hutts zu durchsuchen?", fragte Obi-Wan. „Wir müssen eine Möglichkeit finden, uns hinüberzuschleichen."

Si Treemba schob seinen Teller mit Fungi und Dactyl weg. „Wie wir schon sagten, Obi-Wan, wir werden Euch folgen."

Obi-Wan grinste. „Du wirst vielleicht bereuen, dass du das gesagt hast."

Kapitel 10

Obi-Wan und Si Treemba krochen durch den Luftschacht und spähten durch ein Gitter nach unten in eine dunkle Kabine. Ein Klotz von einem Whiphiden lag schlafend in seiner Koje, eine einzige Kugel aus säuerlich riechendem Fell. Der Geruch von billigem dresselianischen Bier füllte den Raum.

Diese Kabine sah aus wie ein Mahnmal an den Dreck so wie all die anderen, die Obi-Wan heute gesehen hatte. Der Whiphide trug schmutzige, halb getrocknete Häute von seiner Heimatwelt Toola. Bemalte Tierschädel waren wie Trophäen haufenweise in jede Ecke gestapelt. Und Obi-Wan sah etwas noch Schlimmeres: Hutts hatten im selben Raum geschlafen. Der Boden war übersät mit den fellbesetzten Teilen von halbgefressenen, kleinen Tieren.

Obi-Wan beobachtete die Szene dort unten im Dämmerlicht eine Weile. Der Whiphide war möglicherweise betrunken. Andernfalls wäre er sicher unterwegs gewesen, um mit seinen Freunden Sabacc oder ein anderes Kartenspiel zu spielen.

Doch irgendetwas kam ihm seltsam vor. Vielleicht stellte sich der Whiphide nur schlafend. Es hätte eine Falle sein können.

Obi-Wan versuchte, etwas weiter in den Raum hineinzuschauen. Er schien leer zu sein, bis auf den schlafenden Whiphiden. Er konnte allerdings nicht bis in die Ecken des Zimmers sehen.

Sein Unbehagen wuchs. Er verspürte dunkle Wellen in der Macht, aber was hatten sie zu bedeuten? Das Böse durchströmte diese Seite des Schiffes wie giftige Luft. Er hatte bereits diverse Räume durchsucht und dabei illegale Waffen gefunden – Gewehre und biologische Granaten. Er hatte ein kleines Behältnis voller Kreditchips entdeckt, die vielleicht gestohlen waren. Von den Thermocoms jedoch gab es keine Spur.

Er schaute den Whiphiden in seiner Koje genau an. Darunter sah Obi-Wan eine nur halbwegs versteckte Waffe. Für solche Kreaturen war es normal, mit einem Blaster zu schlafen.

Obi-Wan sah, wie der Whiphide atmete. Er holte nur flache Atemzüge, ein wenig zu ungleichmäßig für Obi-Wans Begriffe. Wenn er überhaupt schlief, dann nicht fest.

Zu oft in der Vergangenheit war Obi-Wan durch seine Ungeduld in Bedrängnis geraten. Er beschloss dieses Mal, auf seine Instinkte zu vertrauen.

Vorsichtig, lautlos schob sich Obi-Wan an dem Raum vorbei. Er schaute hinter sich in den engen Lüftungstunnel. Si Treemba war ihm auf den Fersen. Der arme Arconier konnte kaum seinen großen, dreieckigen Kopf durch den Schacht bewegen.

Dann stieß Si Treembas Kopf an der Metallröhre an. Ein dumpfer Schlag ertönte. Obi-Wan zuckte zusammen.

Da Si Treembas Volk sich in den Tunneln von Arcona entwickelt hatte, gaben seine wunderbar facettierten Augen ein blasses, biolumineszentes Licht ab. Arconier waren offensichtlich keine Jäger. Obi-Wan hoffte, dass der Whiphide im Raum unter ihnen nicht nach oben schauen und den Arconier sehen würde.

Obi-Wan hielt den Atem an und bewegte sich vorwärts, schob sich Zentimeter um Zentimeter in Richtung der Lüftungsöffnung für die nächste Kabine.

Der Geruch, der aus dem nächsten Raum hochstieg, war grauenhaft – eine Mischung aus saurem Fett und schmierigem Haar. Obi-Wan hörte Stimmen. Es war das donnernde Lachen von Hutts und das tierische Brummen von Whiphiden.

Er wischte etwas Staub zur Seite und spähte durch die nächste Lüftungsöffnung. Die Kabine war voller Hutts und Whiphiden, allesamt saßen sie im Kreis auf dem Boden und spielten Dice.

Si Treemba würde es niemals schaffen, an ihnen vorbeizuschleichen. Sie würden zurückgehen müssen, wie heute schon so oft. Obi-Wan befürchtete, dass sie sich völlig verlaufen hatten.

Als er noch einmal durch den Luftschacht blickte, sah

Obi-Wan, wie Si Treemba sich langsam zurück zum vorherigen Schacht schob. Obi-Wan winkte ihm zu, um seine Aufmerksamkeit zu erregen, als plötzlich ein blendend heller Lichtblitz durch den Schacht zuckte und ein ohrenbetäubender Knall ertönte.

Irgendjemand hatte mit dem Blaster durch die Lüftungsöffnung geschossen!

Rauch begann die Luft zu füllen. Sie waren gefangen!

Verzweifelt signalisierte Obi-Wan Si Treemba, schnell zu ihm zu kommen. Doch als er das tat, kam eine große, fellbesetzte Hand durch das Metallgitter und packe Si Treemba an der Kehle.

Si Treembas glitzernde Augen weiteten sich voller Panik. Er stieß ein würgendes Geräusch hervor, das ein Hilferuf gewesen sein mochte. Dann wurde er durch das Gitter gerissen. Obi-Wan hörte den Aufprall seines Körpers auf dem Boden.

Durch den Luftschacht hinter ihm hörte Obi-Wan einen Hutt bösartig lachen. „Und du meintest, dass Womp-Ratten im Schacht sind! Ich hab dir gesagt, dass ich einen Arconier rieche!"

Obi-Wans Herz klopfte. Sekunden später wusste er, dass irgendjemand mit einem Blaster in der Hand seinen Kopf durch das Gitter stecken und nach weiteren Arconiern suchen würde.

So schnell wie er es wagte, schob er sich in Richtung einer Biegung ungefähr zwanzig Meter weiter. Er zwängte sich um die Kurve. Schweiß lief sein Gesicht hinab. Hinter sich hörte er den schwachen Schrei Si Treembas. Ein Whiphide brüllte ärgerlich. Obi-Wan biss sich auf die Lippen. Er wollte den Klang von Si Treembas Schreien überhören, doch es geschah ihm recht, dass er sie vernahm. Er hatte den Arconier in diese Lage gebracht.

Durch den Luftschacht hörte er jemanden grummeln: „Ich sehe hier sonst niemanden mehr."

Er wagte es nicht, zu Si Treemba zurückzukehren. Stattdessen kroch Obi-Wan blindlings vorwärts, bog um einige Kurven und eilte durch die Tunnel. Er musste Hilfe holen!

Doch dann hielt er keuchend inne. Auf dieser Seite des Schiffes gab es keine Hilfe.

Qui-Gon hatte ihn gewarnt, hatte ihm geboten, dem Offworld-Gebiet fernzubleiben. Jetzt wurde Obi-Wan klar, dass er zurückgehen musste. Die Hutts und Whiphiden mussten denken, dass Si Treemba ein Spion war. Sie würden vielleicht versuchen, ein Geständnis aus ihm herauszufoltern. Vielleicht würden sie ihn sogar umbringen. Und sie würden nicht lange damit warten.

Er war so dumm gewesen! Er hätte erkennen müssen, wie schwierig es sein würde, in diese Seite des Schiffes einzudringen. Er hatte Si Treemba geradewegs in die Gefahr laufen lassen, seine Loyalität ihm gegenüber ausgenutzt.

Vielleicht war es richtig, dass Qui-Gon ihm gegenüber zögerte. Vielleicht hatte er es nicht verdient, ein Jedi zu sein.

Obi-Wan wischte sich mit dem Ärmel seiner Tunika den Schweiß aus den Augen. Er vergewisserte sich, dass sein Lichtschwert fest im Holster saß.

Dann drehte er um, um seinem Freund zu helfen.

Kapitel 11

Qui-Gon schwang seine Beine über die Schlafcouch und fühlte sein Herz heftig in der Brust klopfen. Jeder seiner Muskeln war in Alarmbereitschaft. Aber weshalb?

Er hatte sich zur Ruhe gelegt, als er es gespürt hatte. Es war, als lauerte Gefahr in der Nähe, doch Qui-Gon war nicht in Gefahr ...

Schlagartig erkannte er das Gefühl. Er hatte es schon einmal gehabt. Jedis spürten manchmal, wenn ein anderer Jedi in ihrer Nähe in Gefahr war. Es kam sogar vor, dass sie ein vages Bild davon sahen, welcher Art die Gefahr war. Qui-Gon durchforschte seine Gedanken, doch es erschien nichts Klares. Nur Nebel.

„Obi-Wan", murmelte er. Es konnte nur der Junge sein. Qui-Gon kämpfte gegen dieses Gefühl an. Es war lächerlich, völlig absurd. Der Junge war nicht sein Padawan. Weshalb sollte eine solch starke Bindung zwischen ihnen beiden bestehen?

Doch sie war da. Yoda wäre erfreut.

Qui-Gon brummte unwillig. Er war nicht erfreut.

Wo auch immer er hinging, tauchte der Junge auf. Er

hatte nichts dagegen, seine Verletzungen zu behandeln, doch er lehnte es ab, für sein Wohlbefinden verantwortlich zu sein. Wenn sich der Junge in irgendein Chaos manövriert hatte, dann würde er schon selbst einen Weg heraus finden müssen.

Qui-Gon streckte sich wieder auf der Schlafcouch aus. Doch dieses Mal – obwohl er seinen Körper beruhigen konnte – kamen seine Gedanken nicht zur Ruhe.

Die Zeit schien unendlich lang, als Obi-Wan verzweifelt nach Si Treemba suchte. Er musste sich durch den Luftschacht zwängen, an den Kabinen von Minenarbeitern vorbeischleichen, durch Gitter spähen und dabei immer den Atem anhalten. Dreck klebte an seinen Fingern. Sand geriet in seine Augen und seinen Mund, als er jahrealten Staub aufwirbelte.

Schließlich fand er Si Treemba vier Decks weiter unten in der Nähe des Schiffsbauches. Eine kleine Kabine war zur provisorischen Gefängniszelle umgestaltet worden. Offensichtlich gab es auf der *Monument* Bedarf für Zellen während der Transportfahrten. Angesichts der Passagiere war Obi-Wan nicht überrascht.

Obi-Wan spähte nach unten durch den Luftschacht. Si Treemba war mit einem Fußgelenk an den Boden gefesselt. Er lag flach da, die Arme ausgestreckt. Knapp außerhalb seiner Reichweite lagen ein paar gelbe Dactylkristalle. Nur ein halbes Dutzend Schritte entfernt spielten ein Hutt und ein Whiphide an einem Metalltisch Karten.

Der arconische Junge war offensichtlich geschlagen worden, doch außer den Verletzungen, die er hatte, schien noch mehr nicht in Ordnung zu sein. Seine Farbe hatte sich von einem gesunden Graugrün in ein mattes Braun gewandelt. Obi-Wan sah, dass die Lebenskraft des Arconiers schwach war. Aber weshalb? Si Treemba hatte seinen Dactylbedarf gestillt, bevor sie mit der Suche begonnen hatten. Wieso war er so schnell so schwach geworden?

Der Hutt kroch zu Si Treemba hinüber und grinste, als er auf den Gefangenen hinabsah. Obi-Wan erkannte ihn. Es war der Hutt, der ihn am Tag zuvor angegriffen hatte.

„Bist du schon bereit, zu sprechen?", fragte der Hutt. „Willst du kein Dactyl haben? Ich könnte dir ein paar Kristalle hinschieben."

Si Treemba starrte ihn schweigend an. Obi-Wan konnte sogar von oben sehen, dass die Abneigung seines Freundes gegen den Hutt seine Angst nicht überdecken konnte.

Der Hutt lehnte sich nach vorn. Er wiegte sein breites Gesicht vor Si Treemba hin und her. „Was hattest du in unseren Lüftungschächten zu suchen? Wer hat dich geschickt, um uns auszuspionieren?"

Si Treemba schüttelte schwach seinen Kopf.

„Du siehst nicht sonderlich gut aus", lästerte der Hutt. „Wir haben dir mit dieser Salineninjektion genug Salz gegeben, um all das Dactyl in deinem Körper aufzubrauchen." Er lehnte sich wieder zurück und kicherte. „Weshalb also sagst du uns nicht einfach, was wir wissen wollen? Das ist besser, als zu sterben. Irgendjemand war bei dir. Wer war es? Arconier sind niemals allein unterwegs."

Si Treemba schüttelte wieder den Kopf. Dann fiel sein Kopf zurück und schlug mit der Wange auf dem Boden auf.

Hilflosigkeit erfüllte Obi-Wan. Er musste etwas unternehmen. Er griff nach dem Lüftungsgitter und riss es heraus. Schnell zwängte er sich durch die Öffnung und sprang in einem Salto hinunter auf den Boden. Einen Herzschlag später war sein Lichtschwert in seiner Hand.

„Suchst du dir nur die Schwachen und Hilflosen aus, Hutt?", fragte er.

Einen Moment lang war der Hutt derart verblüfft, dass er Obi-Wan nur anblinzeln konnte. Dann begann er, zu lachen.

„Erschießt ihn", sagte er unumwunden zu den Whiphiden-Wachen.

Doch Obi-Wan hatte die lange Reaktionszeit der Whiphiden einkalkuliert. Sie starrten ihn nur an, die Münder unter ihren Fangzähnen offen.

Obi-Wan sprang nach vorn und schlug mit dem Lichtschwert nach dem schweren Tisch. Der brach mit einem Schlag über den Whiphiden zusammen. Die instabilen Stühle, auf denen sie gesessen hatten, klappten unter ihrem Gewicht zusammen; der Tisch nagelte sie an den Boden. Überrascht und voller Schmerz heulten sie auf.

„Es tut mir Leid, dass ich euer Spiel unterbrechen muss", sagte Obi-Wan. Ohne seine Augen von dem erstaunten Hutt zu lassen, griff Obi-Wan zum Tisch hinüber und holte den Schlüssel für Si Treembas Beinschelle. Die Fessel war ein altertümliches Metallding mit einem einfachen Schloss daran. Obi-Wan warf den Schlüssel zu Si Treemba hinüber.

Der Hutt kroch zu Obi-Wan. „So jung, Jedi, und du hast noch nicht deine Lektion gelernt? Wie kannst du es wagen, dich mit mir anzulegen, dem großen Grelb?"

„Oh, ich habe sehr wohl etwas gelernt", sagte Obi-Wan. Das Lichtschwert hielt er bereit. „Du suchst dir die Schwachen als Opfer aus. Aber jetzt bin ich auf einen Kampf mit dir vorbereitet, Feigling."

Grelb beäugte das Laserschwert mit Abscheu. „Damit?"

Obi-Wan blickte hinter den Hutt zu Si Treemba. Dem Arconier war es gelungen, sich zu befreien. Er aß schnell das ganze Dactyl auf dem Boden auf. Seine Farbe begann sich bereits wieder aufzuhellen.

Als sich der Hutt auf Obi-Wan zubewegte und seine enormen Fäuste erhob, duckte sich Obi-Wan und rollte sich in einem typischen Jedi-Abwehrmanöver ab. Dabei landete er mit seinem Lichtschwert einen Treffer an der Flanke des Hutt. Er hörte das Fleisch zischen.

Grelb brüllte wütend, als er zurückwich. Sein großer Körper machte ihn unbeholfen und er fiel auf den Tisch, wobei er die Beine der Whiphiden noch mehr einklemmte. Sie heulten vor Schmerz auf und schlugen mit Fäusten auf ihn ein.

„Schnell, Si!", drängte Obi-Wan. Er hielt sich zwischen Grelb und Si Treemba, wartete, bis der Arconier die Tür erreicht hatte. Dann rannte er ihm nach, während Grelb versuchte aufzustehen. Hutts hatten viel Kraft, doch sie waren nicht gerade leichtfüßig.

„Das wirst du noch bereuen, Jedi!", bellte Grelb. „Dieser Arconier ist ein Spion! Das gibt Krieg!"

Obi-Wan ignorierte ihn. Er schleppte Si Treemba den Korridor hinab. Glücklicherweise waren die unteren Ebenen des Schiffes nicht sonderlich belebt. Sie konnten das arconische Gebiet erreichen ohne jemandem zu begegnen.

Als sie auf der arconischen Seite des Schiffes ankamen, sah Obi-Wan zwei arconische Grenzposten davonlaufen. Er wusste, dass sie Clat'Ha mitteilen würden, dass sie beide wieder zurück waren – und dass sie vom Offworld-Territorium kamen.

Das bedeutete natürlich, dass Qui-Gon erfuhr, dass Obi-Wan seine Anweisungen missachtet hatte.

Si Treemba blieb stehen. Er wandte sich zu Obi-Wan, seine fluoreszierenden Augen leuchteten wieder in dem vertrauten warmen Licht. „Wir danken dir, Obi-Wan. Wir verdanken dir unser Leben."

„Du verdankst mir auch deine Gefangenschaft", gab Obi-Wan voller Reue zu. „Es tut mir Leid, Si Treemba."

„Schon wieder hat uns dein Mut gerettet", sagte Si Treemba und klopfte ihm auf die Schulter.

„Und was ist mit *deinem* Mut?", fragte Obi-Wan. „Denk darüber nach, Si Treemba. Du wärst beinahe gestorben und hättest mich dennoch nicht verraten. Du hast einen Hutt bezwungen!"

Ein leichtes Lächeln breitete sich auf Si Treembas Gesicht aus. „Das haben wir", sagte er, „das haben wir."

„Werde nicht zu übermütig", sagte Obi-Wan mit einem Seufzer. „Uns steht immer noch die Begegnung mit Qui-Gon und Clat'Ha bevor. Sie werden über das hier nicht sonderlich glücklich sein."

Kurz nachdem Obi-Wan und Si Treemba verschwunden waren, kroch Grelb zu Jemba und erzählte ihm alles.

Der massige Hutt baute sich vor Grelb auf und tobte vor Wut. Jemba war hunderte von Jahren älter als Grelb und sehr viel größer. „Also doch", knurrte Jemba und sah sich wütend in seinem Besprechungsraum um. „Ich wusste es. Der Jedi-Ritter und sein junger Schüler haben sich mit den Arconiern gegen mich verbündet!"

„Es war unvermeidlich, oh Größter", meinte Grelb. „Sie mögen unser Volk nicht."

„Das ist *dein* Fehler", sagte Jemba. „Ich sollte dir den Schwanz abhacken und ihn zum Abendessen verspeisen."

Grelbs Herzen rasten vor Angst und er zog seinen Schwanz ein.

Jemba fuhr fort. „Du hättest mit der Sabotage dieser Tunnelfräsen warten sollen, bis wir auf Bandomeer angekommen sind."

Grelb versuchte, verletzt auszusehen wegen der Anschuldigung, doch Jemba ging nicht darauf ein. Der große Hutt schlug so hart in Grelbs Gesicht, dass dieser dachte, sein Gehirn würde zu Gelatine.

Nachdem sich Grelb wieder gefangen hatte, sagte er: „Du hast dich noch nie zuvor über meine Methoden beschwert!" Diebstahl, Sabotage und Mord waren Grelbs Methoden, doch er hatte immer dafür gesorgt, dass Offworld davon profitierte.

„Aber dieses Mal treiben sich Jedis herum!", brüllte Jemba.

„Ich wusste nicht, dass der Junge ein Jedi ist, als ich ihn das erste Mal in die Mangel genommen habe", entschuldigte sich Grelb. „Wenn ich es gewusst hätte, dann wäre er jetzt schon tot. Ich verspreche, dass ich das nächste Mal ..."

Jemba zeigte mit einem seiner gewaltigen Finger auf Grelb. „Der Junge hat deine Pläne durchschaut. Es wird kein nächstes Mal geben. *Ich* kümmere mich darum!"

„Wie du wünschst", sagte Grelb. Er drehte sich um und glitt aus dem Raum. Als sich die Tür hinter ihm zischend schloss, ballte Grelb die Fäuste. Er stellte sich vor, wie er Obi-Wan Kenobis Kehle zudrückte.

Es wird doch ein nächstes Mal geben, schwor sich Grelb.

Kapitel 12

Obi-Wan überlegte, ob er sich in seine Kabine zurückziehen sollte. Doch ihm war klar, dass es besser war, sich so bald wie möglich mit Qui-Gon zu treffen. Er schlug Si Treemba vor, sich ein wenig auszuruhen, doch der Arconier lehnte ab.

„Wir werden zusammen dort hingehen", sagte Si Treemba und baute sich zu voller Größe auf.

Sie fanden den Jedi und Clat'Ha in der arconischen Lounge, wo das Licht immer sehr dunkel war und die Droiden leise arconische Flöten spielten. Es war spät und so waren nur ein paar Arconier in der Lounge. Die wenigen Anwesenden hatten ihre Augen geschlossen und standen still wie Statuen da – die arconische Art zu schlafen.

Qui-Gon war an einer Bar und trank irgendeinen bläulichen Saft. Clat'Ha saß neben ihm, vor ihr auf der Bar stand ein unberührtes Glas Saft. Ein Blick genügte und Obi-Wan erkannte, dass sie bereits wussten, was auf der Offworld-Seite des Schiffes geschehen war.

„Wenigstens bist du dieses Mal noch in einem Stück",

sagte Qui-Gon und sah ihn kalt an. „Nun denn, hast du etwas entdeckt?"

„Nein", gab Obi-Wan zu. „Si Treemba wurde gefangen genommen, bevor wir die Thermocoms finden konnten."

„Obi-Wan hat uns gerettet", lobte Si Treemba. „Wir waren an den Boden gefesselt und er wandte sich gegen Grelb the Hutt persönlich ..."

„Ein Mann, der sich in Gefahr begibt, verdient es, ihr allein gegenüberzustehen", sagte Qui-Gon barsch.

Offensichtlich war er von Obi-Wans Tapferkeit nicht beeindruckt. Si Treemba schwieg und sah Obi-Wan mit einem Blick an, der sagen wollte: *Wir haben es versucht*.

„Du hast willentlich meine Anweisung missachtet", sagte Qui-Gon geradeheraus.

„Bei allem Respekt, ich stehe nicht unter Eurer Verantwortung, Qui-Gon Jinn", erklärte Obi-Wan ruhig, „woran Ihr mich immer wieder erinnert."

Qui-Gon wandte sich zu ihm um und starrte ihn einen Moment lang an. Obi-Wan konnte nicht erkennen, was hinter den scharfen blauen Augen vorging. Dann sagte Qui-Gon: „Dein Eingreifen hat diese Sache nur noch verschlimmert."

„Ich habe die Lage verschlimmert?", fragte Obi-Wan. „Wie meint Ihr das?"

„Ja, das hast du", sagte Qui-Gon. Seine Miene blieb teilnahmslos, sein Ton neutral. Doch nun war Obi-Wan zutiefst verwirrt. Er hatte gehofft, den Respekt des Jedi zu gewinnen. Stattdessen betrachtete er ihn als eine Last, die nicht einmal Wut lohnte. „Ihr seid im Offworld-Territorium herumgeschlichen, habt ihre Privatsphäre verletzt, wurdet gefangen genommen und musstet euch wieder herauskämpfen. Sie werden sicher zurückschlagen."

„Es war das Risiko wert", versuchte Obi-Wan zu erklären. „Wenn wir die Thermocoms gefunden hätten ..."

Clat'Ha unterbrach ihn. „Die Thermocoms wurden vor einer Stunde gefunden, sie waren in einem Fass Schmiermittel versteckt. Wer auch immer sie dort hineingetan hat, dachte bestimmt nicht, dass man sie finden würde."

Obi-Wans Mund klappte zu. Qui-Gon hatte Recht. Er hatte den brüchigen Frieden auf dem Schiff umsonst riskiert.

„Verstehst du, dass es hier nicht um die Thermocoms geht?", fragte Qui-Gon und versuchte, seine Stimme ruhig zu halten. „Ein Jedi muss die größeren Zusammenhänge sehen. Der Grund für meine Anweisung war, dass ich die Spannungen etwas abkühlen wollte. Ich wollte Vertrauen schaffen. Wie können die Offworld-Leute den Jedis trauen, wenn sie sehen, wie sie in ihrem Territorium herumschleichen? Wie kann ..."

Der Raum wurde plötzlich erschüttert. Ein dröhnender Schlag rollte durch das Schiff. Qui-Gons Drink rutschte von der Bar und das Glas zerbrach auf dem Boden. Si Treemba fiel auf den Bauch. Warnsirenen begannen zu heulen.

„Was hat uns getroffen?“, schrie Clat'Ha.

Obi-Wan wusste, dass das Schiff auseinander gerissen worden wäre, wenn sie im Hyperraum mit einem Asteroiden oder einem anderen Schiff zusammengestoßen wären. Er hörte entfernt das *Wump-wump-wump* der Schiffskanonen.

Qui-Gon lief zum Fenster. Seine Hand ruhte auf dem Lichtschwert. „Piraten“, sagte er.

Kapitel 13

Qui-Gon lief den Hauptkorridor hinunter zur Brücke. Obi-Wan, Si Treemba und Clat'Ha rannten ihm nach. Überall auf dem Schiff jammerten ängstliche Arconier – sie gaben den für ihr Volk typischen, eigenartigen Zischlaut von sich. Sie zogen sich in ihre Räume zurück und verschlossen die Türen.

Durch die Gitter auf dem Boden konnte Qui-Gon das Brummen der Generatoren vernehmen, die die Energieschilde des Schiffes aufluden. Das *Wump-wump*-Geräusch der Kanonen war noch immer zu hören.

Er konnte nur ahnen, was geschehen war. Piraten verminten manchmal die Schiffsrouten. Wenn ein Schiff auf eine Mine lief, explodierte der Hyperantrieb und das Schiff fiel aus dem Hyperraum zurück.

Die Piraten eröffneten dann das Feuer und zerstörten die Waffen und Maschinen des Schiffs so schnell, dass die überraschten Reisenden selten Zeit hatten zu reagieren.

Dann schickten die Piraten Enterbrigaden an Bord, um ihren Opfern alles Hab und Gut abzunehmen.

Ein Minenarbeitertransporter wie die *Monument* hatte nicht viel dabei, was wert war, gestohlen zu werden, doch das wussten die Piraten ja nicht – nicht bevor sie alles in Stücke geschossen und den Schrott durchsucht hatten.

Der Boden erbebte beim Einschlag eines nächsten Schusses. Als das Schiff zur Seite kippte, lief Obi-Wan um eine Ecke. Vor ihm war ein Sichtfenster aus Stahlglas. Durch das Fenster fiel sein Blick auf fünf togorianische Kampfjäger, alle sahen sie aus wie rote Raubvögel. Zwei heulten an seinem Fenster vorbei. Grüne Lichtblitze von Blasterschüssen zuckten aus den Kampfjägern hervor und schlugen in die *Monument* ein. Metall schrie protestierend auf. Die Korridore füllten sich mit schmierigem Rauch.

Die Waffen der *Monument* waren verstummt. Jetzt sah Qui-Gon, weshalb – die Geschütztürme waren weggesprengt worden. Brennende Bruchstücke leuchteten wie funkelnde Sterne dort auf, wo die Geschütztürme gestanden hatten.

Die *Monument* trieb manövrierunfähig im Raum. Obwohl Feueralarm ertönte, waren von der Brücke keine Befehle zu hören. Jetzt raste ein togorianischer Kreuzer auf das Schiff zu.

Qui-Gon stand da und sah hilflos zu, wie der Kreuzer näher kam. Es gab Momente, in denen er sich wünschte, dass er nicht allein war. Momente, in denen er sich wünschte, er hätte nicht seinen letzten Padawan Xanatos verloren.

„Obi-Wan“, rief Qui-Gon. Obwohl er dem Jungen nicht völlig vertraute, sah er keine andere Möglichkeit. Sie brauchten einen Plan und sie mussten alle zusammenarbeiten, wenn sie überleben wollten. „Die Piraten sind bereit, an Bord zu kommen“, sagte er knapp, „ich werde versuchen, sie aufzuhalten. Geh zur Brücke und sieh nach, ob die Besatzung noch am Leben ist. Wenn nicht, dann möchte ich, dass du dieses Schiff hier herausfliegst.“

Qui-Gon sah den Jungen eindringlich an. Er wusste, dass er viel verlangte. Er wusste, dass Obi-Wan als Jedi-Schüler ein paar Schiffe im Simulator und höchstwahrscheinlich ein paar Wolkenwagen über Coruscant geflogen hatte. Doch er hatte noch niemals ein Schiff wie dieses gesteuert und er war noch nie in einer Schlacht gewesen.

„Ich kann an Eurer Seite kämpfen“, protestierte Obi-Wan.

Qui-Gon hielt den Jungen bei beiden Ellbogen. „Hör mir zu. Dieses Mal musst du gehorchen. Vertraue meinem Urteil. Ich kann die Piraten zurückhalten, aber wir werden alle sterben, wenn das Schiff manövierunfähig im Weltraum zurückbleibt. Mach dir keine Gedanken, wohin du steuerst. Flieg einfach irgendwo hin. Wenn die Piraten an Bord gehen, werden ihre Freunde nicht auf uns schießen können, weil sie Angst haben, ihre Anführer zu töten. Geh jetzt. Steuer das Schiff!“

Obi-Wan nickte. Qui-Gon konnte das Zögern in den

Augen des Jungen sehen. Und er war sich nicht sicher, ob Obi-Wan das Schiff steuern konnte.

Doch dann war er sich plötzlich auch nicht mehr sicher, ob er die Piraten allein zurückhalten konnte.

Obi-Wan nickte. „Ich werde Euch nicht enttäuschen."

Qui-Gon sah, wie Obi-Wan zur Brücke sprintete und Si Treemba hinter ihm her lief. Auf einmal sah der Junge so jung aus ...

Einen Moment lang war Qui-Gon versucht, ihm zu folgen und die Piraten den Whiphiden und Arconiern zu überlassen. Doch die Minenarbeiter würden den Togorianern nicht gewachsen sein. Er musste Obi-Wan vertrauen.

Qui-Gon hörte das entfernte Brüllen von Handblastern. Das konnte nur eines bedeuten: Die Piraten waren bereits an Bord gekommen. Und während die Arconier sich entschieden hatten, dem Gefecht fernzubleiben, nahmen die Minenarbeiter von Offworld den Kampf auf.

Natürlich würden die Piraten mehr als eine Enterbrigade an Bord schicken. Qui-Gon beschloss, den Offworld-Leuten ihren Schutz selbst zu überlassen. Er rannte einen Seitenkorridor entlang in Richtung der Docking Bay. Clat'Ha folgte ihm.

Als er um eine Kurve lief, stand ein großer togorianischer Pirat in seinem Weg. Seine Augen leuchteten wie grüne Glut im dunklen Fell seines Gesichtes. Der Togorianer schlug mit seinen gewaltigen Klauen nach Qui-Gon.

Doch Qui-Gon war ein Jedi-Meister. Die Macht hatte ihn bereits gewarnt. Er hatte die Bewegung vorausgesehen und drehte sich unter den Armen des Piraten weg. Er griff nach dem Lichtschwert an seinem Gürtel. Die Klinge kam sauber hoch und schnitt den Torgorianer in die Knie. Er brüllte vor Schmerz auf.

Hinter dem gefallenen Piraten bogen noch mehr Togorianer um die Ecke und rannten auf sie zu. Clat'Ha zog in blinder Panik ihren Blaster und eröffnete das Feuer. Ein Togorianer schrie vor Schmerz auf, seine Klauen waren aufgerissen und bluteten.

Alle Togorianer erwiderten das Feuer mit ihren Blastern. Qui-Gon wich zwei Strahlen aus, dann benutzte er sein Lichtschwert, um zwei weitere abzulenken.

Clat'Ha duckte sich, schrie vor Wut. Sie war eine gute Kämpferin, doch sie standen einer Übermacht von zwanzig zu eins gegenüber. Qui-Gon schwor, sein Bestes zu geben, um ihr Leben zu retten.

Das Schott zur Brücke war dicht geschlossen und siedend heiß. Obi-Wan konnte die Hitze spüren, die es abstrahlte, als er versuchte, es zu öffnen. Ein Feuer wütete auf der anderen Seite. Er ignorierte den Schmerz und versuchte, seine Finger in den Spalt zu zwängen, um das Schott aufzuschieben.

„Das hat keinen Zweck", sagte Si Treemba. „Das ist ein Feuerschott. Es schließt sich, wenn die Brücke brennt."

Obi-Wan ging von dem Schott weg. Die Brücke musste einen Volltreffer von einem der togorianischen Schiffe bekommen haben. Doch der Treffer eines schweren Blasters oder Protonentorpedos hätte mehr angerichtet als nur ein Feuer. Höchstwahrscheinlich hätte er ein Loch in die Hülle gerissen.

Es würde sehr gefährlich sein, das Schott zu öffnen. *Vielleicht* war es nur ein Feuer, vielleicht etwas Schlimmeres. Alle Atemluft hätte aus dem Raum entwichen sein können.

Er erinnerte sich an Qui-Gons Blick, als der Jedi-Meister ihn um Hilfe gebeten hatte. Er durfte ihn dieses Mal nicht enttäuschen.

Obi-Wan versuchte, ruhig zu werden, um die Macht zu benutzen. Er konnte den Schließmechanismus spüren und es würde nur wenig Kraft kosten, ihn zu bewegen.

Aber was dann? Wenn er ihn öffnen würde, könnte er in den Weltraum hinausgesaugt werden. Oder giftiger Rauch könnte in den Korridor quellen und ihn ersticken. Oder das Feuer könnte sich in den Gängen ausbreiten.

Er hatte keine Wahl. Er konzentrierte sich. Das Schott glitt auf.

Schlagartig traf ihn ein scharfer Wind in den Rücken. Der Atem entwich aus Obi-Wans Lungen und die Luft des Schiffes pfiff an ihm vorbei, hinaus ins Vakuum des Raumes. Obi-Wan hielt sich am Türrahmen fest, um nicht hinausgesaugt zu werden. Mehr konnte er nicht tun. Hinter ihm hatte Si Treemba einen Griff an einem Kontrollkasten gefunden.

Die Brücke war tatsächlich getroffen worden. Die Luft heulte durch ein kleines, rundes Loch oberhalb des Hauptsichtfensters hinaus.

„Ich muss das Loch stopfen!", rief Obi-Wan Si Treemba zu.

Doch bevor Obi-Wan sich bewegen konnte, ließ sich Si Treemba auf den Boden fallen. Er fand einen Griff nach dem Anderen und kroch so über den Boden der Brücke. Obi-Wan blieb nichts, als am Türrahmen zu hängen und zuzusehen. Er konnte Si Treemba weder aufhalten noch ihm behilflich sein.

Si Treemba griff nach einem sphärischen Kompass – das runde Metallobjekt, das als Backup diente, falls der Hauptnavigationscomputer getroffen oder ausgefallen war. Gegen den pfeifenden Wind ankämpfend stolperte Si Treemba zum Gehäuse und löste den Kompass, der nahe beim Loch hing. Das Vakuum saugte ihn sofort in das Loch und der rasende Wind beruhigte sich.

„Gut gemacht!", rief Obi-Wan, als er zur Pilotenkonsole rannte. Der Captain und sein Copilot waren noch immer an ihre Sitze gegurtet, betäubt vom Sauerstoffverlust. Eine Minute später wären sie erstickt. Jetzt waren beide Männer ohnmächtig. Der Raum war heiß. Blasterfeuer hatte durch das Navigationsterminal geschlagen und überall lagen Metallsplitter herum. Doch bei der wenigen Luft im Raum war das Feuer erloschen.

Obi-Wan schnallte den Captain ab und legte ihn auf den Boden. Dann sah er sich das Kontrollpanel an. Es hatte unzählige Lichter und Tasten. Einen Moment lang war er wie gelähmt, unschlüssig was er tun sollte.

Er blickte nach oben zum Sichtfenster.

Togorianische Kriegsschiffe umringten die *Monument*. Ein schwerer Kreuzer, der zum Kanonenschiff umfunktioniert worden war, näherte sich. Seine Schilde mussten abgeschaltet sein, sonst hätte er nicht so nahe kommen können.

Ein rotes Licht blinkte immer wieder auf Obi-Wans Konsole. Schemenhaft wurde ihm klar, dass die Front-Protonentorpedorohre geladen und scharf waren. Sie gehörten zur Standardausrüstung für den Transportverkehr in einer solchen Region. Der Zielcomputer war ausgefallen und so zielte Obi-Wan ohne dessen Hilfe auf die Brücke des Kanonenschiffes.

Sein Herz klopfte. Er hatte Angst vor dem, was er tun musste. Er hoffte, dass Qui-Gon Recht hatte und die Piraten es nicht wagen würden, zurückzuschießen, solange ihre eigenen Leute an Bord waren. *Wenn* sie zurückschossen, dann würden sie mit allem feuern, was sie hatten.

„Was werdet Ihr tun, Obi-Wan?", fragte Si Treemba. Er hielt sich an der Brückenkonsole fest.

„Eine Nachricht an die Togorianer schicken", antwortete er entschlossen. „Wir sind noch nicht tot!"

Er griff über die Konsole und feuerte die Protonentorpedos ab.

Blasterfeuer erhellte die Korridore der *Monument* und blendete ihn. Qui-Gon wehrte die Schüsse ab oder wich ihnen aus.

Tote Togorianer lagen im Gang hinter ihm. Lebende blockierten den vor ihm liegenden Korridor. Ihr Brüllen hallte von den Wänden zurück.

Einen Moment lang saß er hinter den Toten fest. Er wünschte, er hätte Verstärkung. Doch die Offworld-Leute kämpften an einer anderen Front.

„Wo sind deine Arconier?", rief er Clat'Ha zu. „Wir könnten Unterstützung gebrauchen!"

„Arconier kämpfen nicht!", rief Clat'Ha zurück, während sie einen Schuss auf einen Togorianer abfeuerte. „Sie haben sich wahrscheinlich in ihren Kabinen eingeschlossen!"

„Was ist mit Jembas Leuten?", fragte Qui-Gon. „Vielleicht solltest du sie um Hilfe bitten!"

„Sie würden nicht kommen", sagte Clat'Ha grimmig. „Ich fürchte, wir sind hier auf uns selbst gestellt, Qui-Gon."

Ein togorianischer Piratencaptain kam den Korridor hinuntergerannt und brach durch die Wand aus Rauch. Er war riesig, fast doppelt so groß wie ein Mensch. Sein schwarzer Körperpanzer war zerkratzt und verbeult von tausenden von Kämpfen. Ein menschlicher Schädel baumelte von einer Kette an seinem Hals. Sein Fell war schwarz wie die Nacht und seine grünen Augen glitzerten bösartig.

Er trug eine große Vibro-Axt in einer Hand, einen Energieschild in der anderen. Die Spitzohren des Piraten waren flach angelegt. Er kam einen Schritt nach vorn.

„Darf ich vorstellen: dein Tod, Jedi!", brüllte der togorianische Pirat. „Ich habe deine Art schon früher gejagt und heute Abend werde ich deine Knochen abnagen!"

Plötzlich bemerkte Qui-Gon, dass sich die Piraten hinter ihrem dunklen Captain Richtung Schleuse zurückzogen. Dort ging es nirgendwo hin, außer in einen weiteren Zugangstunnel. Die Piraten versuchten vermutlich, ihn zu umzingeln.

Clat'Ha sprang nach vorne und feuerte ihren Blaster ab. Der Togorianer hob sein Schild und wehrte den Angriff mit Leichtigkeit ab. Dann hob er seine tödliche Vibro-Axt. Die Waffe konnte schon bei der geringsten Berührung den Schädel eines Menschen spalten. Qui-Gon bewegte sich in einer geschmeidigen Bewegung nach vorn, das Lichtschwert hochgehoben.

„Kein Zweifel, dass du schon einmal getötet hast", sagte Qui-Gon ruhig, „aber du wirst heute Abend keine Knochen abnagen."

Er schritt auf den togorianischen Piraten zu. Der Pirat brüllte und hob seine Axt.

Ein blendender Blitz so hell wie eine Sonnenruption erleuchtete den Raum, als die Protonentorpedos das togorianische Kanonenschiff trafen.

Obi-Wan schützte seine Augen vor der Helligkeit. Si Treemba schrie auf.

Das Kanonenschiff wurde zur Hälfte zerschmettert, Trümmer wurden in den Raum geschleudert. Eine zweite Explosion folgte der ersten, als das Waffenarsenal des Schiffes explodierte.

Bruchstücke des Metalls prasselten auf die *Monument*. Ein großes Stück des explodierenden Kanonenschiffes raste in ein zweites togorianisches Kriegsschiff.

Obi-Wan hatte nicht vor zu warten, bis die Piraten ihn abschießen würden. Während sie sich wieder erholten, drückte er einen Knopf und lud damit weitere Torpedos in das Abschussrohr.

Da die Navigationskonsole ausgefallen war, konnte das Schiff nur manuell geflogen werden. Obi-Wan nahm die Schiffskontrollen in die Hand, zog sie hart zurück und schlug auf die Taste für die Triebwerke. Er hörte das scharfe Geräusch von berstenden Metall. Hatte er gerade eben den Antrieb zerstört?

Schnell blickte er auf das Display-Terminal. Dort sah er, woher das Geräusch kam. Zwei togorianische Kampfjäger waren an den Docking Bays angekoppelt. Durch den harten Start riss sich Obi-Wan von den Schiffen los – und zerstörte damit die Dichtungen an den Türen.

Alle Luft in den Docking Bays würde in den Raum entweichen.

Qui-Gon war dabei, die Enterbrigaden der Piraten aufzuhalten.

Obi-Wan biss die Zähne zusammen und hoffte inständig, dass nur Piraten mit den Trümmern ins All hinausgesaugt würden.

Vor ihm eröffnete ein togorianisches Kriegsschiff das Feuer.

Der Boden bewegte sich unter Qui-Gons Füßen, als er auf den Captain der Piraten traf. Der riesige Togorianer wog viermal so viel wie ein Mensch.

Auch unter normalen Umständen wäre es das Einzige gewesen, was Obi-Wan tun konnte, um den Piraten abzuwehren: Er versuchte, dem Monster ein Bein zu stellen, als er dessen Schlag auswich.

Der Pirat stürzte beinahe, fing sich aber schnell genug wieder, um die Vibro-Axt zu heben. Die Klinge fuhr tief in Qui-Gons rechte Schulter; er stürzte zu Boden.

Qui-Gon keuchte vor Schmerz. Seine Schulter brannte wie Feuer. Er versuchte, seinen Arm zu heben, doch es ging nicht.

Hinter dem Piraten hörte Qui-Gon den Klang von reißendem Metall. Die Dichtungen zur Schleuse waren zerstört. Wind heulte den Korridor entlang, als die Atemluft entwich. Qui-Gon sah Tropfen seines Blutes davonwehen wie Regentropfen in einem Sturm.

Trümmer wurde den Gang heruntergeweht – Blaster und Helme von toten Togorianern. Sie trafen den riesigen togorianischen Piraten. Er hob seinen Schild und kämpfte sich nach vorn, lehnte sich gegen den Druck.

Qui-Gon ließ sich vom Wind mitreißen, so dass er am Boden entlang zum Vakuum des Raumes gesaugt wurde, näher zu dem Piratencaptain hin.

Wenn er schon sterben musste, dann würde er das Monster mitnehmen.

Schweres Blasterfeuer schlug durch die Hülle der *Monument*. Das togorianische Kriegsschiff hatte auf die Brücke gezielt, doch wegen der plötzlichen Beschleunigung des riesigen Schiffes trafen seine Blasterschüsse nicht genau.

Obi-Wan verdrängte den Gedanken daran, wer bei dem Angriff möglicherweise gestorben war. Er erwiderte das Blasterfeuer.

Die nächste Salve des Kriegsschiffes fiel kurz aus, sie verpuffte wirkungslos im All. Obi-Wan brauchte einen kurzen Moment, um die Protonentorpedos auszurichten, dann feuerte er sie auf den Schlund des Kriegsschiffes ab.

Als er zum Vakuum des Raumes hin gesaugt wurde, rief Qui-Gon sein Lichtschwert in seine rechte Hand. Er richtete einen Hieb auf die Beine des Piratencaptains. Der Togorianer aber hielt sich an einem Griff fest und sprang weit nach oben. Er wich dem Schlag aus und landete mit seinen Stiefeln genau auf Qui-Gons linkem Arm.

Gegen den Schmerz ankämpfend versuchte Qui-Gon, sein Lichtschwert aufzurichten, doch der große Togorianer hatte ihn festgesetzt. Qui-Gon wand sich verzweifelt, doch er kam nicht los. Sein linker Arm hing fest und sein rechter war schwer verwundet – Qui-Gon konnte nicht viel gegen das Monster unternehmen.

Der Piratencaptain brüllte triumphierend; der Wind schien in das Brüllen einzustimmen. Er raste wie ein Tornado die Korridore hinab. Qui-Gon konnte kaum atmen.

Plötzlich verschwand der Kopf des Piraten. Der massige Togorianer wurde zurückgerissen, gepackt von der Gewalt des Windes.

Qui-Gon sah den Gang hinauf. Clat'Ha lag auf dem Boden. Sie hielt sich mit einer Hand verzweifelt an einem Lukengriff fest, ihren schweren Blaster hielt sie in der anderen.

Im Eifer des Gefechts hatte der togorianische Pirat die Frau vergessen.

Am Ende des Ganges war ein Panzerschott, das sich automatisch hätte schließen sollen, als der Luftdruck abfiel. Doch bei den Schäden am Schiff war es kein Wunder, dass es nicht funktioniert hatte.

Qui-Gon blutete stark und bekam kaum Luft. Schwach, mit dem letzten Rest seines Willens, griff er mit der Macht nach einem Trümmerstück und bewegte es zu den Kontrollen der Tür; er schloss sie damit. Als der Wind aufhörte, durch das Schiff zu heulen, wurde es totenstill.

Das Einzige, was Qui-Gon hören konnte, war das Klopfen seines Herzens und eine nach Luft schnappende Clat'Ha.

Das togorianische Kriegsschiff explodierte in einem grellen Lichtblitz.

Si Treemba arbeitete an der Kommunikationskonsole und sandte Notrufsignale aus. Es könnte Tage dauern, bis ein Schiff der Republik antwortete, es könnte auch nur eine Sache von Sekunden sein, bis eines da war. Man konnte nie wissen, wer auf den Raumstraßen unterwegs war.

Plötzlich zogen sich die togorianischen Kriegsschiffe von der *Monument* zurück. Ihr Kanonenschiff und das Kriegsschiff waren zerstört. Der Kreuzer ihres Captains und ein zweites Landungsschiff waren von der Außenhülle der *Monument* abgerissen worden. Tote Piraten trieben im Raum umher.

Der letzte der Piraten sprang in den Hyperraum und erfuhr niemals, dass ein zwölfjähriger Junge sie besiegt hatte.

Obi-Wan steuerte die *Monument* durch die glitzernden Sterne. Überall heulten Warnhörner. Monitore zeigten Drucklecks an einem Dutzend von Stellen an.

„Es sieht aus", sagte Obi-Wan zu Si Treemba, „als würde das Schiff in Stücke brechen."

Si Treemba nickte besorgt mit seinem dreieckigen Kopf. „Wir müssen landen, Obi-Wan."

„Landen? Wo?", fragte Obi-Wan und blickte nach vorn, wo er nichts als leeren Raum sah.

Si Treemba beugte sich über den Navigationscomputer. „Er funktioniert nicht", sagte er.

„Ich weiß", gab Obi-Wan zurück. „Deswegen fliege ich manuell. Wo ist die Crew? Warum kommt uns niemand zu Hilfe?"

„Vielleicht kümmern sie sich um die Verwundeten oder sind selbst verwundet." Si Treemba starrte durch das Sichtfenster. „Warte! Da!"

Obi-Wan konnte den Planeten erkennen, der vor ihnen lag, eine blaue Murmel in der Farbe des Wassers, durchsetzt mit dem Weiß von Wolken.

„Das ist bestimmt besser, als in einem Vakuum zu atmen", schlug Si Treemba vor.

Die facettierten Augen Si Treembas trafen auf die von Obi-Wan. Ein Schauer lief durch das große Schiff und ein weiterer Warnmonitor fiel aus. Das war ein Zeichen dafür, dass der Luftdruck weiter sank.

„Wir glauben, wir haben keine Wahl", sagte Si Treemba leise.

Grelb und seine Leute liefen durch die Gänge auf der arconischen Seite des Schiffes. Die Minenarbeiter von Jemba the Hutt hatten sich auf ihrer Seite des Schiffes gut gegen die Piraten behaupten können, dennoch waren dutzende der kräftigen Hutts und Whiphiden im Kampf gestorben.

Die Chancen, dass die Arconier ebenfalls tot waren, standen hoch. Grelb hoffte, dass er den Toten Geld oder ähnliches abnehmen konnte.

Doch als er die arconische Schleusentür erreicht hatte,

bemerkte er, dass die Arconier überhaupt nicht gekämpft hatten. Stattdessen hatten sie sich von ihrem Schmuse-Jedi beschützen lassen.

Grelb schaute um eine Ecke und sah die verhasste Clat'Ha, wie sie Qui-Gon vom Boden aufhalf. Der Jedi hatte eine tiefe Wunde in seiner rechten Schulter; sein linker Arm war verletzt und geschwollen.

Der Hutt grinste und zog seinen Kopf aus dem Korridor zurück, bevor jemand in seine Richtung sah.

Er flüsterte den Whiphiden hinter seinem Rücken zu: „Geht und erzählt Jemba, dass die Arconier allesamt Feiglinge sind, die sich nicht trauen, aus ihren Kabinen zu kommen und zu kämpfen. Und ihr kostbarer Jedi sieht aus, als wäre er kaum noch am Leben. Jetzt ist der richtige Augenblick, um zuzuschlagen!"

Obi-Wan flog über eine Welt voller Wasser von der Tagesseite in die Dunkelheit. Die Nacht wurde von fünf glühenden Monden erhellt, die wie bunte Sterne am Himmel hingen. Unter ihm flogen riesige Kreaturen in großen Schwärmen dahin. Im Mondlicht erschienen sie silbrig, mit langen, raketenförmigen Körpern und kraftvollen Schwingen. Sie sahen aus wie eine seltsame Art fliegender Fische, deren Flügel sich zu bemerkenswerter Größe entwickelt hatten. Die Schwingen waren weit ausgebreitet und halb schlafend ließen sich die Tiere im Wind treiben. Manche von ihnen blickten neugierig zum Schiff hoch.

Obi-Wan, der die manuellen Kontrollen des Schiffes bediente, sah in jeder Richtung nur Ozean. Dann endlich entdeckte er am Horizont eine kleine, felsige Insel. Wellen brachen sich an ihrem Ufer.

Er steuerte das Schiff auf den großen Fels zu, hielt sich an den Kontrollen fest und stöhnte vor Anstrengung, als er den Fall des Schiffes zu bremsen versuchte.

Kapitel 14

Dutzende von Minenarbeitern waren bei dem Angriff getötet oder verletzt worden. Die Krankenstation war voll. Doch nur ein paar dieser Verletzten waren Arconier. Wie Clat'Ha es vorausgesagt hatte, hatten sich beim ersten Anzeichen von Gefahr alle Arconier außer Si Treemba in ihren Kabinen eingeschlossen. Die meisten Verletzungen hatten die Crew des Schiffes und einige von Jembas Minenarbeitern zu beklagen.

Qui-Gons Wunden wären für einen normalen Menschen ernsthaft gewesen, doch der Jedi wartete, bis andere behandelt waren, bevor er den Medi-Droiden anforderte, um ihn in seinen Zimmer zu bandagieren. Clat'Ha weigerte sich, ihn allein zu lassen, ganz gleich wie sehr er sie drängte, sich auszuruhen.

„Nicht bevor ich weiß, dass es Euch gut geht", sagte sie immer wieder zu ihm.

Obi-Wan hatte das Schiff nur ein paar Meter vom steinigen Strand entfernt gelandet. Die Nacht hing wie Nebel über der Insel. Nachdem die Crew herausgefunden hatte, dass die Atmosphäre stabil war, waren einige hinausgegangen, um die Schäden an der Hülle des Schiffes zu reparieren. Andere erkundeten die Umgebung. Die silberfarbenen Draigons waren überall. Sie flogen durch den Nachthimmel, wobei sie offensichtlich schliefen. Manche von ihnen saßen auch auf den Klippen der Insel. Der Aufenthalt im Freien war nicht sicher und so entschied der Captain, dass niemand mehr bei Tageslicht draußen arbeiten durfte, wenn die Draigons wach waren. Der Bordingenieur meldete, dass es zwei Nächte dauern würde, das Schiff wieder flugfähig zu machen.

Obi-Wan kam zu Qui-Gons Kabine, als der Medi-Droide gerade einen desinfizierenden Verband auf Qui-Gons klaffende Wunde gesprüht hatte. Dann begann er, die Wunde zuzukleben. Die Vibro-Axt des Piraten hatte Qui-Gon quer durch das Schulterblatt bis zu den Rippen hinab getroffen. Obi-Wan wurde bereits vom Anblick der Wunde schwindlig, doch Qui-Gon saß still da und ließ den Medi-Droiden seine Arbeit machen.

„Ihr habt Glück, dass Ihr noch am Leben seid", sagte der Medi-Droide zu Qui-Gon. „Doch Eure Wunden müssten bald verheilt sein. Seid Ihr sicher, dass Ihr kein Mittel gegen die Schmerzen wollt?"

„Nein, es geht mir gut", antwortete Qui-Gon mit ruhiger Stimme. Er sah Clat'Ha an. „Wirst du jetzt schlafen gehen?"

Sie nickte müde. „Ich werde später noch einmal nach Euch sehen." Clat'Ha ging mit dem Medi-Droiden. Die Tür schloss sich hinter ihnen mit einem Zischen.

Qui-Gon setzte sich auf einen Stuhl. Obi-Wan wartete, bis er sprechen oder ihm ein Zeichen geben würde, dass er seine Gegenwart wahrgenommen hatte.

Qui-Gons blaue Augen beobachteten Obi-Wan einen Moment lang eingehend. „Obi-Wan, als du das Schiff beschleunigt hast, welche Gedanken hattest du da?"

„Gedanken?", fragte Obi-Wan. „Ich habe überhaupt nicht viel gedacht. Ich hatte Angst vor den Piraten und ich wusste, dass ich schnell wegkommen musste." Er war zu erschöpft, um sich jetzt Gedanken über eine möglicherweise falsche Antwort zu machen. Es war besser, die nackte Wahrheit zu erzählen. Qui-Gon würde seine Leistungen gutheißen oder nicht. Er war die Versuche leid, ihm zu gefallen.

„Du hast also nicht die Tatsache bedacht, dass du die Schiffe der Piraten von den Docking Bays abreißen und damit hunderte von Piraten töten würdest?", fragte Qui-Gon in einem neutralen Ton.

„Ich hatte keine Zeit, darüber nachzudenken", gab Obi-Wan zurück. „Die Macht hat mich geleitet."

„Hattest du Angst? Oder warst du zornig?"

„Beides", gab Obi-Wan zu. „Ich ... habe auf die Piraten geschossen, aber ich habe es nicht aus Hass getan. Ich tat es, um Leben zu retten."

Qui-Gon nickte kaum sichtbar. „Ich verstehe." Das war die Antwort, die er erwartet hatte. Sie zeigte, dass Obi-Wan in der Macht stärker wurde.

Dennoch war Qui-Gon unzufrieden. Er prüfte sein

Herz. Hatte er gewollt, dass der Junge bei seinem Test durchfällt? Das wäre für einen Jedi eine gravierende Charakterschwäche.

Doch er konnte nichts dagegen tun. Es stimmte, Obi-Wan hatte ihn nicht enttäuscht. Er hatte tapfer die Aufgabe übernommen, das Schiff zu steuern. Hunderte von Leben hatten in seiner Hand gelegen und er hatte nicht gezögert. Er hatte seinem Training alle Ehre gemacht.

Warum fiel es Qui-Gon noch immer so schwer, ihm zu vertrauen?

Weil ich schon einmal jemandem vertraut habe. Ich habe Xanatos völlig vertraut und das Ergebnis war ein Desaster.

Der Verlust schmerzte so sehr, dass ihn Qui-Gon sogar jetzt noch wie eine offene Wunde spürte. Er hätte lieber ein Dutzend Schläge mit der Vibro-Axt des Piratencaptains hingenommen, als noch einmal einen solchen Verlust ertragen zu müssen.

Obi-Wan stand vor Qui-Gon. Er war verwirrt. Er war so müde, dass er fast umfiel. Hatte er gut oder schlecht geantwortet? Er wusste es nicht. Alles, was er fühlte, war ein Kampf in Qui-Gon, den er nicht begreifen konnte. Sie hatten zusammengearbeitet, um das Schiff zu retten. Doch Obi-Wan spürte, dass sie weiter voneinander entfernt waren als jemals zuvor.

Sollte er etwas sagen? Wenn er Qui-Gon fragen würde, was er dachte, vielleicht würde er es ihm sagen.

Doch noch bevor Obi-Wan sich dazu durchringen

konnte, ertönte ein energisches Klopfen an der Tür. Obi-Wan lief hin und öffnete sie.

Si Treemba kam herein gehastet. Der Arconier war außer Atem, keuchte schwer.

„Was ist los?“, fragte Qui-Gon. Er stand auf und streckte vorsichtig seine Schulter, um zu sehen, ob der Kleber schon wirkte.

„Bitte kommt schnell“, keuchte Si Treemba. „Jemba the Hutt hat unser Dactyl gestohlen!“

Kapitel 15

„Damit kommt Ihr nicht davon“, warnte Qui-Gon Jemba the Hutt. Er sprach ruhig. Hinter Qui-Gon standen dutzende schweigende Arconier. Obi-Wan war unter ihnen und betrachtete den Rücken des Jedi. Qui-Gon war schwer verwundet und schien kurz vor einem Kollaps zu stehen.

Jemba schüttelte sich vor Vergnügen wie ein gigantischer, grauer Wurm. „Was willst du denn tun, winziger Jedi?“, donnerte er belustigt. „Niemand kann den großen Jemba aufhalten! Deine Arconier waren zu ängstlich, um sich den Piraten zu stellen. Sie haben sich versteckt, während meine Männer gekämpft haben und gestorben sind. Diese Feiglinge werden bald meine Sklaven sein!“

Jemba und seine Männer hatten die Lounge der Arconier übernommen. Eine Wand von Offworld-Minenarbeitern – Hutts, Whiphiden, Menschen und Droiden – stand hinter Jemba. Die Offworld-Leute waren bereit zum Kampf. Qui-Gon, Obi-Wan und die Arconier blickten in die Mündungen von mindestens dreißig Blastern. Manche der Offworld-Verbrecher hatten Schilde dabei und trugen Panzerungen. Jembas Leute hatten offensichtlich mehr als nur das Dactyl der Arconier. Sie besaßen die meisten der auf dem Schiff vorhandenen Waffen.

Obi-Wan war aufgebracht. Neben ihm stand Clat'Ha, ebenfalls wütend. Sie hielt ihre Hände unten und war bereit, ihre Waffe zu ziehen. Doch sie und die Arconier waren deutlich unterlegen.

„Ihr sucht keine Gerechtigkeit", begann Qui-Gon. „Ihr wollt lediglich eure Habgier befriedigen. Auf diese Weise wird sich nichts lösen. Legt eure Waffen nieder."

Qui-Gon bediente sich der Macht und versuchte den Hutt zu zwingen, seine Wut zu verlieren. Doch er hatte sich jetzt stundenlang auf seine Wunde konzentriert, hatte versucht, die Heilung zu beschleunigen und den Schmerz zu ignorieren. Er war zu müde, um den Hutt zu überreden.

Jemba winkte mit einer Hand, so als wolle er die Luft testen. „Oh, ist das die kraftvolle Macht, die ich da fühle? Ha!" Er spuckte verächtlich. „Deine Jedi-Tricks sind so schwach, dass sie mich zum Lachen bringen. Und sieh dich an, Jedi. Du hast nicht einmal mehr das Gespür, einer Vibro-Axt fernzubleiben. Jeder kann sehen, dass du zu schwach bist, um zu kämpfen. Du kannst nichts tun, um mich aufzuhalten!"

Obi-Wan wurde von den Sticheleien des Hutt mit blinder Wut erfüllt. Er ging an Qui-Gon vorbei und stellte sich vor Jemba.

„*Ich* kann Euch aufhalten!" Er zog sein Lichtschwert.

Jembas riesige Augen verengten sich ärgerlich. Die Verbrecher, die um ihn herumstanden, bewegten sich nicht von der Stelle. Sie hatten keine Angst vor einem kleinen Jungen.

„Wie bitte, Jedi?", sagte Jemba mit Abscheu zu Qui-Gon. „Du schickst ein Kind, um gegen mich zu kämpfen? Soll das eine Beleidigung sein?" Jemba sah zu beiden Seiten und hob eine seiner großen Fäuste. Wenn er sie fallen lassen würde, das wusste Obi-Wan, wäre dies das Zeichen für Jembas Männer, das Feuer zu eröffnen. Und Obi-Wan hätte dann keinesfalls mehr als ein paar Blasterschüsse abwehren können.

Qui-Gon griff nach vorn und fasste Obi-Wan beim Ellbogen. „Nimm dein Lichtschwert weg", sagte er ruhig. „So kannst du nicht gewinnen. Wenn er das Feuer eröffnet, werden Leute sinnlos sterben. Ein Jedi muss seine *wahren* Feinde kennen."

Obi-Wan zitterte. Er war plötzlich völlig durcheinander.

„Was meint Ihr?", fragte er. Schweiß rann sein Gesicht hinab. „Wer von denen ist unser Feind?"

„Der Hass ist unser Feind", sagte Qui-Gon. Er warf Jemba quer durch den Raum einen Blick zu. „Außerdem sind Habgier und Furcht unsere Feinde. Die Arconier können eine Zeit lang ohne Dactyl leben. Du musst jetzt nicht kämpfen. Ungeduld ist ein weiterer Feind."

Obi-Wan erkannte die Weisheit in Qui-Gons Worten. Er schaltete sein Lichtschwert ab, verbeugte sich vor Jemba wie vor einem ehrenhaften Gegner und trat zurück.

„Ein weiser Schritt, Kleiner", sagte Jemba. Dann brach der Hutt in ein tiefes Lachen aus. Er rief den Arconiern durch den Raum zu: „Ich brauche Arbeiter. Und ich bin bereit, gut zu bezahlen!"

Die Stimme des Hutt erschallte kurz wieder. Hinter Qui-Gon fingen die Arconier an, aufgeregt zu jammern, es klang fast wie ein Summen.

„Offworld bezahlt seine Arbeiter nicht gut!", rief Clat'Ha.

Jemba klopfte sich auf die Brust. „Ich werde mit Nahrung und Dactyl bezahlen!", sagte er. „Für einen Tag Beschäftigung gebe ich meinen Arbeitern einen Tag ihres Lebens!"

„Ihr bietet diesen Leuten an, sie mit dem zu bezahlen, was Ihr von ihnen gestohlen habt?", fragte Obi-Wan. Er konnte nicht glauben, was er da gehört hatte. Es fiel ihm schwer sich zu beherrschen, sich nicht auf den Hutt zu stürzen und ihn in Stücke zu hacken.

Jemba lächelte breit. „Genau. Diejenigen, die für mich arbeiten, werden leben. Die es nicht tun, werden sterben. Welche bessere Bezahlung könnte ich anbieten?"

Die Arconier unterhielten sich leise. Obi-Wans Erstaunen wuchs, als er sah, wie ein paar von ihnen plötzlich durch den Raum in Richtung Jemba gingen. Es folgten immer mehr. Si Treemba zögerte noch, doch dann folgte er ihnen.

„Wartet!", befahl Clat'Ha den Arconiern. „Was tut ihr?"

Die Arconier blieben stehen und sahen zurück. „Wir sind Minenarbeiter", sagte Si Treemba. „Ob wir unter Jemba oder jemand anderem leben, macht keinen Unterschied."

„Aber Si Treemba, was ist mit deiner Freiheit?", fragte Obi-Wan. „Du kannst sie doch nicht einfach aufgeben!"

Si Treemba sah ihn traurig an. „Ihr seid unser Freund, Obi-Wan. Aber Ihr versteht nicht. Die Menschen mögen Freiheit so hoch bewerten wie das Leben. Doch wir tun das nicht." Die Arconier drehten sich geschlossen um und gingen zu Jemba.

Obi-Wan versuchte, die Worte seines Freundes zu verstehen. Arconier kamen aus Nestern, in denen alles geteilt wurde. Auf Arcona gruben sie in der Erde nach tiefen Wurzeln, die Wasser und Nahrung enthielten. Sie waren voneinander abhängig. Wenn sie erst einmal auf Bandomeer waren, dann würden sie für Jemba schürfen. Solange ihre Gemeinschaft existierte, solange das *Wir* bestehen blieb, zählte Freiheit nichts.

„Wenn du mit ihnen gehst", warnte Clat'Ha, „dann wird er alles von dir nehmen, was er bekommen kann und nichts zurückgeben, bis auf die Dinge, die dir von Rechts wegen schon gehören. Jemba wird größer werden, während die Arconier nur schwächer werden. Ist es das, was du willst?"

„Nein", gab Si Treemba zu. „Aber wir wünschen nicht zu sterben."

„Dann müsst ihr gegen ihn kämpfen", drängte

Clat'Ha. „Wenn du einer Gefahr gegenüber stehst, baust du Mauern und versteckst dich hinter ihnen. So machen es die Arconier. Aber wenn ein Daggerlip deine Mauer einreißt, dann würdest du kämpfen. Jemba ist nicht besser als ein Daggerlip. Er will uns zerstören. Aber wir können ihn besiegen."

Clat'Ha zog ihren Blaster, doch die Offworld-Minenarbeiter hoben ihre Schilde und Waffen. Sie waren bereit zum Kampf. Obi-Wan beobachtete die aufgebrachte Frau. Ihre Entschlossenheit erfüllte den Raum. Ein Funke würde alles zur Explosion bringen.

Es war ein Kampf, den sie nur verlieren konnten. Qui-Gon hatte Recht. Dies war weder die Zeit noch der Ort, um zu kämpfen. Jemba musste aufgehalten werden. Und hier konnten sie ihn nicht aufhalten.

„Si Treemba", rief Obi-Wan. „Mein Freund. Ich bitte dich um diese eine Sache. Warte."

Qui-Gon schenkte ihm einen respektvollen Blick. Obi-Wan hatte keine Zeit, sich darüber zu freuen. Er konzentrierte all seine Aufmerksamkeit auf Si Treemba. Manchmal konnte die Kraft der Freundschaft helfen, wo es die Macht nicht mehr konnte.

Si Treemba sah ihn an. Der Arconier war unentschlossen. Obi-Wan wusste, dass es für ihn ein Zeichen großen Mutes wäre, sich von den anderen Arconiern abzusondern. Er wartete, denn er wusste, dass es eine Beleidigung für Si Treemba wäre, noch einmal zu sprechen.

Si Treemba nickte langsam. Dann ging er auf die andere Seite des Raumes und stellte sich zu Obi-Wan und Clat'Ha.

Ein leises, angstvolles Zischen erfüllte den Raum. Die Arconier folgten Si Treemba, einer nach dem Anderen.

Kapitel 16

Das Treffen endete unentschieden. Es gab nichts weiter zu tun, als auseinander zu gehen. Obi-Wan blieb bei Qui-Gon. Obwohl sich der Jedi während der Konfrontation aufrecht gehalten hatte, sammelte sich Schweiß auf seiner Stirn und Obi-Wan konnte nur versuchen, sich vorzustellen, wie viel Konzentration es ihn gekostet hatte, bei der Sache zu bleiben.

„Ich begleite Euch zu Eurer Kabine", sagte Obi-Wan zu ihm. Er wusste, dass der Jedi schwach war, denn er versuchte nicht einmal, Obi-Wan zu widersprechen.

Als Qui-Gon den Korridor erreichte, in dem seine Kabine lag, konnte er kaum noch aufrecht gehen und seine Sicht war getrübt. Er war dankbar für Obi-Wans Anwesenheit an seiner Seite. Als er um die letzte Ecke ging, schwankte er. Obi-Wan hielt ihn am Arm und stützte ihn.

„Geht es Euch gut?", fragte Obi-Wan. Seine Stimme war voller Sorge.

„Es geht schon", gab Qui-Gon kraftlos zurück, „ich muss mich nur … konzentrieren."

Obi-Wan half ihm in die Kabine und wartete, bis er sich gesetzt hatte. In seinem Kopf war seit der Konfrontation mit Jemba ein Plan gereift. Doch dieses Mal würde er es nicht versäumen, Qui-Gon zu informieren.

„Meister Jinn“, begann Obi-Wan, „ich habe eine Idee. Ich werde zurück in die Luftschächte gehen, ins Offworld-Territorium. Ich weiß jetzt, wie sie angeordnet sind. Ich werde warten, bis Jemba allein ist und ihn überraschen.“

Qui-Gon schloss einen Moment lang seine Augen, so als ob ihn Obi-Wans Vorschlag genauso schmerzte wie seine Wunde. „Nein“, sagte er schwach, „das wirst du nicht tun.“

Noch vor ein paar Augenblicken war er beeindruckt gewesen, wie Obi-Wan mit der Situation der Arconier umgegangen war und sich vor Jemba zurückgezogen hatte. Jetzt schmiedete der Junge wieder wilde Pläne, ließ seine Ungeduld über sein Urteilsvermögen siegen.

Natürlich, Qui-Gon musste sich eingestehen, dass die Pläne keineswegs wilder waren als die, die er in seiner Jugend geschmiedet hatte. Dennoch spürte er eine große Enttäuschung und das überraschte ihn. Verunsicherten ihn seine Gefühle bei diesem Jungen noch immer?

Erschöpft setzte sich Qui-Gon auf einen Stuhl. Seine Schulter brannte an der Stelle, wo ihn der Pirat getroffen hatte. Er hatte den Schmerz verdrängt, doch jetzt wurde er davon überwältigt.

„Ihr seid verwundet“, sagte Obi-Wan. „Ich weiß, Ihr

könnt jetzt nicht kämpfen. Aber *ich* kann das für Euch tun! Ich kann meinen Zorn zurückhalten und tun, was getan werden muss. Wenn Jemba tot wäre …"

„Nichts würde sich ändern", sagte Qui-Gon kraftlos. „Obi-Wan, versteht du denn nicht? Jemba zu töten ist nicht die Lösung. Jemba ist nur *ein* Hutt. Und es gibt immer noch mehr, die genau so bösartig und habgierig sind wie er. Wenn du ihn tötest, dann wird das nicht verhindern, dass sein Plan weiterläuft. Jemand wie er, vielleicht noch schlechter als er, wird seinen Platz einnehmen. Was wir tun müssen, ist zu versuchen, diesen Leuten beizubringen, dass …"

„Aber er ist schlecht, oder etwa nicht?", fragte Obi-Wan.

„Was Jemba versucht, ist falsch", antwortete Qui-Gon vorsichtig.

„Ich habe noch niemals jemanden gesehen, der so bösartig ist!", platzte Obi-Wan heraus.

Ein trauriges Lächeln erschien um Qui-Gons Lippen. „Und, hast du schon viele verschiedene Orte gesehen, Obi-Wan?"

Obi-Wan schwieg. Er hatte noch viel zu lernen. Sein Herz schrie, dass Jemba böse war und dass sich das Böse ausgebreitet hatte, um unschuldige Opfer zu versklaven. Wenn irgendjemand genau jenes Schicksal verdient hatte, dann war es der Hutt. Doch er würde auf Qui-Gon hören.

„Ich habe schon viel Schlimmeres gesehen", fuhr Qui-Gon fort. „Wenn du erwägst, aus Zorn zu töten, dann musst du wissen, dass solche Gedanken von der dunklen Seite kommen."

„Wie können wir ihn dann dazu bringen, das Dactyl zurückzugeben?", fragte Obi-Wan.

„Es hat keinen Sinn. Man kann niemanden zwingen, gerecht und anständig zu sein. Solche Qualitäten müssen von innen kommen – man kann sie nicht von außen erzwingen. Fürs erste habe ich beschlossen, zu warten. Vielleicht wird Jemba sein Vorhaben noch ändern. Oder vielleicht erwartet ihn ein noch dunkleres Schicksal. In beiden Fällen wäre Töten keine Lösung.

„Aber ..., Ihr habt auch schon getötet", fügte Obi-Wan zögerlich hinzu.

„Das habe ich", gab Qui-Gon zu, „als es keine andere Möglichkeit gab. Doch wenn ich töte, gewinne ich nur eine Schlacht. Das ist ein sehr, sehr kleiner Sieg. Es gibt größere Kriege zu gewinnen – solche des Herzens. Manchmal, mit Geduld und Vernunft und durch das Vorangehen mit gutem Beispiel habe ich mehr geschafft, als nur eine Schlacht zu schlagen – ich habe meinen Gegner in einen Freund verwandelt."

Obi-Wan ließ sich dies alles durch den Kopf gehen. Und er bemerkte, dass sich Qui-Gon trotz seiner Schmerzen die Zeit nahm, Obi-Wan seine Gedanken zu erklären. Am Tag zuvor noch hätte ihm der Jedi höchstwahrscheinlich eine strikte Anweisung gegeben und ihn weggeschickt. Etwas hatte sich zwischen ihnen geändert.

„Ihr prüft mich, stimmt's?", vermutete Obi-Wan. „Ihr habt Eure Meinung geändert. Ihr zieht mich als Euren Padawan in Betracht." Er versuchte, die Aufregung in seiner Stimme zu verbergen.

Qui-Gon schüttelte den Kopf. „Nein", sagte er bestimmt. „*Ich* prüfe dich nicht, Obi-Wan. *Das Leben* prüft dich! Es bringt jeden Tag neue Gelegenheiten für Triumph oder Niederlage. Und wenn du diese Prüfung bestehst, so heißt das nicht, dass du ein Jedi bist. Es macht dich lediglich zu einem Menschen."

Obi-Wan trat zurück, als ob Qui-Gon ihn geschlagen hätte. Aufgewühlt blickte er in sein Herz. Er hatte sich selbst an der Nase herumgeführt. Er hatte sich selbst gesagt, dass er Qui-Gons Entscheidung akzeptieren würde, dass er nur seinen Respekt gewinnen wollte. Doch irgendwo tief in seinem Innern hatte er gehofft, dass Qui-Gon, wenn er sich auf dieser Mission tapfer und gut verhielt, seine Meinung ändern würde.

Jetzt erkannte er die Wahrheit.

Qui-Gon sah die Veränderung in Obi-Wans Augen. Der Junge begriff endlich, dass seine Entscheidung unumstößlich war. Eigentlich hätte er erleichtert sein müssen. Der Zorn des Jungen war fort. Doch es war noch etwas anderes verschwunden. Obi-Wans Hoffnungen für die Zukunft hatten sich ebenfalls in Luft aufgelöst.

Qui-Gon sah zu, wie Obi-Wan sich wegdrehte und sein Gesicht mit einem Ärmel abwischte. Weinte der Junge? Hatte er ihn so tief verletzt?

Doch als sich Obi-Wan wieder umdrehte, war nur der Schweiß von seinem Gesicht verschwunden. Qui-Gon konnte kein schimmerndes Zeichen von Tränen erkennen. Stattdessen sah er die schlimmste Form einer Niederlage.

Das traf ihn. Nach all den noblen Reden über das Gewinnen von Feindesherzen wurde ihm bewusst, dass er soeben das Herz eines Jungen gebrochen hatte, der nichts weiter wollte, als sein Verbündeter sein.

Kapitel 17

Obi-Wan verließ benommen Qui-Gons Kabine. Er brauchte Ruhe, doch es schien, als könne er nirgendwo richtig abschalten. Er versuche es in seiner Kabine, dann in der Lounge. Schließlich ging er ziellos in den Gängen herum. Er kam in der Nähe des Maschinenraums heraus und starrte auf die leere Landschaft eines namenlosen Planeten hinaus.

Fünf Monde in verschiedenen Rot- und Blautönen hingen wie reife Früchte über einem stillen Ozean. Ein Schwarm schlafender Draigons trieb hoch oben in der Luft. Die Insel war nicht mehr als ein rätselhaftes Stück von Wellen geformten Steines. Weiter im Innern des Landes stießen dunkle vulkanische Gipfel Dampf aus. Dort saßen die Draigons zu hunderten.

Hinter ihm fuhr zischend eine Tür auf. Einen Moment später stand Si Treemba neben ihm.

„Wir haben Euch gesucht, Obi-Wan“, sagte er.

„Ich musste nachdenken“, antwortete Obi-Wan. Er war froh, seinen Freund zu sehen. Si Treemba hatte ihm bei dem Treffen mit Jemba das meiste Vertrauen erwiesen. Das hatte ihre Freundschaft besiegelt und sie beide wussten das.

„Dürfen wir fragen, worüber Ihr nachdenkt?", erkundigte sich Si Treemba zögernd.

„Ich dachte, dass meine Zeit im Tempel schwer war", sagte Obi-Wan. „Die Tage bestanden aus Lernen und Anstrengung. Von uns wurde nur das Allerbeste erwartet. Ich respektierte meine Lehrer so sehr. Und ich dachte, dass ich nicht nur wusste, was ich zum Überleben brauche, sondern auch, was nötig war, um regelrecht zu brillieren." Obi-Wan holte tief Luft. „Jetzt sehe ich, dass ich keine Ahnung hatte, welche Bösartigkeit mir das Universum zeigen würde. Ich habe noch niemals zuvor echte Habgier gesehen, nicht so wie bei den Piraten oder bei Jemba. Das macht mich krank."

„Das verstehen wir", erklärte Si Treemba. „Das ist furchtbar."

„Und ich frage mich ..., habe ich die Samen der selben Habgier in mir?" Obi-Wan war verunsichert.

Si Treemba blickte seinen Freund verwirrt an. Er sah großes Leiden in Obi-Wans Gesicht. „Wieso fragt Ihr Euch das, Obi-Wan?"

„Weil ich mein Leben lang ein Jedi werden wollte. Ich habe das so sehr gewollt. Ich war bereit, für diese Ehre zu kämpfen und wurde zornig, wenn sich andere in meinen Weg stellten."

„Ein Jedi gibt seinen Mitmenschen sehr viel", antwortete Si Treemba nachdenklich. „Er beschützt die Schwachen, er kämpft für das Gute. Wir glauben nicht, dass es schlecht von Euch ist, alles richtig machen zu wollen. Nein, das ist keine Habgier."

Obi-Wan nickte. Noch immer blickte er auf das dunkle Meer hinaus. Er fühlte das tiefe Bedürfnis, zu Hause zu sein, zurück im Tempel, wo die Dinge Klarheit und Sinn hatten. Hier fühlte er sich verloren.

„In ein paar Stunden wird es hell werden. Du hast schon so viel für mich getan, Si Treemba. Aber willst du mir noch ein letztes Mal helfen?"

„Natürlich werden wir das", sagte Si Treemba sofort. „Aber wie?"

„Hilf mir, meinen Zorn zu überwinden", bat Obi-Wan. Seine Finger waren zu Fäusten geballt. Er sah zu ihnen hinab und öffnete sie, dann hielt er sich am Rahmen des Sichtfensters fest. „Ich fühle eine solche Wut auf Jemba. Er will andere Leute zu seinem Vorteil benutzen und dafür möchte ich ihn töten. Doch ich mag die Art, wie ich gerade fühle, nicht. Qui-Gon hat Recht. Wenn ich versuchte, Jemba aufzuhalten, so wäre das nur, um meine eigene Wut zu befriedigen."

„Ihr macht einen ruhigen Eindruck", beobachtete Si Treemba.

„Es ist etwas geschehen", sagte Obi-Wan leise zu ihm. „Ich habe gerade etwas begriffen. Qui-Gon wird mich niemals als Padawan annehmen. Er denkt, dass ich dessen nicht würdig bin und vielleicht hat er Recht. Vielleicht wäre ich nicht gut darin."

„Und Ihr seid nicht wütend?“, fragte Si Treemba überrascht.

„Nein“, sagte Obi-Wan. „Ich fühle mich eigenartig, Si Treemba. So als ob eine Last von mir genommen wurde. Vielleicht kann ich ein guter Farmer werden. Und gut zu sein ... eine *gute Person* zu sein ist wichtiger, als ein Jedi zu sein.“

„Aber was wird mit Jemba?“, fragte Si Treemba.

„Yoda hat mir einmal gesagt, dass es trillionen von Lebewesen in der Galaxis gibt und nur ein paar tausend Jedi-Ritter. Er sagte, dass wir nicht versuchen können, jedes Unrecht gerade zu rücken. Alle Kreaturen müssen lernen, für das einzustehen, was gerecht ist, und sich nicht immer auf einen Jedi zu verlassen. Vielleicht müssen das auch die Arconier tun. Ich weiß nichts über die Zukunft. Aber heute entscheide ich mich, nicht zu kämpfen.“

Obi-Wan drehte sich zu Si Treemba. „Ich habe dich gebeten, die anderen Arconier zu verlassen, um uns eine Chance zu geben, euch zu helfen. Ich habe dieses Versprechen nicht zurückgenommen. Ich werde dich nicht noch einmal aus Dactylmangel leiden sehen. Ich werde dir beistehen, Si Treemba. Irgendwie werden wir einen Weg finden.“

Kapitel 18

Bei Qui-Gons Jedi-Heilungstechniken war es erforderlich, dass er all seine Energie darauf konzentrierte, seine Muskeln zusammenwachsen zu lassen und die Infektion zu bekämpfen. Doch seine Gedanken kehrten immer wieder zu Obi-Wan zurück, zu dem niedergeschlagenen Gesicht, in das er während ihres Gespräches geblickt hatte.

Warum beschäftigte ihn der Junge so sehr? Er hatte im Laufe der Jahre so viele Jungen gesehen. Immer wieder hatte er einem von ihnen sagen müssen, dass er nicht dazu bestimmt war, ein Jedi-Ritter zu werden. Er hatte es aus Überzeugung getan und sie damit von der schwierigen Erfahrung geschützt, es zu spät herauszufinden. Oder etwa nicht?

Qui-Gon setzte sich entschlossen auf die Schlafcouch. Mitleid würde ihn nur wach halten und er brauchte Schlaf.

Im Schiff war es gespenstisch still. Alle waren vom Kampf mit den Piraten erschöpft. Qui-Gon hörte nichts als das Plätschern der Wellen am Ufer und das leise, rhythmische Murmeln einiger Tiere, die unter dem Schiff saßen. Er hoffte, dass ihn dieses Geräusch in den Schlaf lullen würde.

Doch er schlief unruhig, er konnte nicht sagen, ob Schmerz oder Mitleid der Grund war. Halb wach von einem quälenden Traum stand Qui-Gon auf und ging durch den Raum, um ein Handtuch zu holen. Er wischte seine schweißbedeckte Stirn ab, trank etwas Wasser und stützte seine Stirn gegen das kühle Stahlglas des kleinen Fensters in seiner Kabine. Die rauen Klippen in der Ferne schienen zu schimmern und sich zu bewegen. Wurde sein Fieber schlimmer? Ein eigenartiger, gelber Nebel trübte seinen Blick.

Er war zu früh aufgestanden. Qui-Gon ging zurück zur Couch. Dieses Mal fiel er in einen tiefen, traumlosen Schlaf.

Als er am frühen Morgen aufwachte, war sein rechter Arm zwar steif, aber er fühlte sich besser. Ein Schiffsdroide hatte seine Kleidung repariert und gereinigt. Als er sich anzog, bemerkte er, dass er hungrig war. Das war ein gutes Zeichen.

Auf dem Weg zur Küche spürte er, dass im Schiff Aufregung herrschte. Arconier rannten an ihm vorbei. Sie trugen Kisten mit ihren Habseligkeiten.

Er fragte, was passiert war.

„Die Flut kommt“, sagte ein Arconier, „und wird vielleicht das Schiff überschwemmen. Alle Ingenieure sind bereits mit der Reparatur beschäftigt, werden es aber nicht rechtzeitig schaffen. Wir sind angewiesen worden zu evakuieren."

„Evakuieren?", fragte Qui-Gon überrascht. Bei all den Draigons dort draußen klang das ziemlich gefährlich. „Wohin evakuieren?"

„In die Berge, weiter ins Innere der Insel. Die Schiffscrew hat ein paar Höhlen gefunden. Wir müssen sie erreichen, bevor die Sonne am Himmel steht und die Draigons aufwachen." Die Arconier hasteten davon, schwer beladen mit Taschen und Kisten.

Vom Regen in die Traufe, dachte Qui-Gon. Von Piraten abgeschossen, auf einer fremden Welt abgestürzt und Jemba hielt ihnen alle eine Pistole vor die Nase. Und jetzt mussten sie das Schiff verlassen, sich mit wenig Lebensmitteln in Höhlen verstecken. Er konnte die wachsende Gefahr spüren. Vielleicht würden die Piraten kommen und sie vollends erledigen. Oder sie würden alle verhungern oder einander im Kampf töten. Vielleicht stieg die Flut so hoch, dass sie die ganze Insel überschwemmte.

Die vorbeilaufenden Arconier sahen ausgelaugt und zermürbt aus. Sie hatten letzte Nacht kein Dactyl bekommen. Qui-Gon fragte sich, wie lange sie wohl ohne durchhielten.

Er ging zu Clat'Has Kabine und fand sie hektisch ihre Sachen zusammenpackend. Ihre Tür stand offen.

Sie sah auf, als er ins Zimmer kam. „Ihr müsst Euch beeilen und packen. Die Flut kommt schnell und die Sonne geht bald auf. Wir müssen das Schiff verlassen." Sie lächelte, als sie eine Strähne ihres rotbraunen Haares aus den Augen zog. Ihre grünen Augen glitzerten schelmisch.

„Jemba ist furchtbar wütend. Vielleicht hat er Angst, dass er in keine Höhle passt."

„Warum ist er so wütend?", fragte Qui-Gon neugierig.

Clat'Ha zuckte mit den Achseln. „Weil er die Lage nicht unter Kontrolle hat, glaube ich. Zuerst dachte er, die Crew lügt. Doch sogar er musste einsehen, dass wir ertrinken, wenn wir hier bleiben. Das war es fast wert, nur um zu sehen, wie er klein beigibt."

Qui-Gon zog eine Grimasse. „Wann brauchen die Arconier das nächste Mal Dactyl?"

Das Vergnügen in Clat'Has Augen verwandelte sich sofort in Sorge. „Manche von ihnen werden schon ohnmächtig", sagte sie leise. „Wenn sie bis heute Abend kein Dactyl bekommen, dann werden sie noch schwächer und sterben."

„So früh schon?", murmelte Qui-Gon. Etwas nagte an ihm, ein Instinkt, der ihm sagte, dass er etwas übersehen hatte.

Jembas Zorn. Das leise Murmeln von Tieren. Eine Klippe, die sich bewegte. Ein gelber Nebel ...

Doch es lebten keine Tiere auf dieser Insel, außer den Draigons. Die Crew hatte gleich nach der Landung nach Raubtieren Ausschau gehalten. Und der Nebel hatte nicht direkt vor seinen Augen gehangen. Eine

Höhle in den Klippen hatte in einem blassen Gelb geleuchtet.

Plötzlich ging ihm ein Licht auf. „Sag den Arconiern, dass sie keine Angst haben müssen", sagte er aufmunternd zu Clat'Ha. „Ich glaube, ich weiß, wo das Dactyl ist. Ich bin so bald wie möglich wieder zurück."

„Ich komme mit Euch", bot Clat'Ha sofort an. „Oder wir könnten noch Hilfe organisieren …"

Qui-Gon dachte darüber nach. Es bestand kein Zweifel, dass das Dactyl bewacht wurde. Aber bei den am Morgen jagenden, hungrigen Draigons würden zu viele Leute nur ihre Aufmerksamkeit erregen. Ganz zu schweigen davon, dass Jemba auf der Hut sein würde. Doch ein Mann im schwarzen Umhang, allein …

„Es tut mir Leid, Clat'Ha", sagte er. „Ich weiß, dass es dir nicht gefallen wird, worum ich dich jetzt bitte."

„Ich werde alles tun", erklärte Clat'Ha aufgebracht. „Wir müssen das Dactyl finden!"

„Nein, du verstehst nicht", sagte Qui-Gon. „Ich bitte dich, zu warten."

Grelb the Hutt war gut in der Ausführung von Befehlen, besonders wenn er wusste, dass Jemba seinen Schwanz fressen würde, wenn er sie nicht befolgte. Er saß auf einem Felsen auf halbem Weg zur Steilküste, sein Blastergewehr im Anschlag. Von hier hatte er einen guten Blick auf das Schiff. Jemba hatte ihn aus zwei Gründen hierhergeschickt – um die Minenarbeiter und die Arconier zu beschützen, wenn sie das Schiff verließen und um sicherzustellen, dass niemand zu den höher liegenden Höhlen kletterte.

Nicht, dass sich Jemba wirklich Sorgen um die Arconier machte. Doch jetzt waren sie sein Besitz. Er schützte sein Kapital.

Bis jetzt hatten die hoch in der Luft schwebenden Draigons und diejenigen, die auf schroffen Felsen in den Bergen saßen, die Hutts und Whiphiden noch nicht entdeckt. Der frühe Morgennebel behinderte ihre Sicht. Dennoch war Grelb sehr aufmerksam und darauf vorbereitet, jeden Draigon abzuschießen, der aus dem Himmel geflogen kam – oder jeden Arconier, der ihm Ärger bereitete.

Die Dunkelheit der letzten Nacht war ein guter Schutz für die schwere Kletterpartie in die Klippen mit dem Dactyl gewesen. Jemba hatte die Whiphiden angewiesen, die meiste Arbeit zu erledigen. Ihre Füße waren stark gepolstert und hatten keine Geräusche gemacht, während sie das Dactyl zusammengepackt und sich vom Schiff weggeschlichen hatten. Keiner hatte sie gesehen, da war sich Grelb sicher. Der Rest der Minenarbeiter auf dem Schiff hatte sich nach dem Piratenkampf die Wunden geleckt und die Arconier hatten zu viel Angst, um ihre flachen Nasen aus den Kabinen zu stecken.

Es war ein Rückschlag gewesen, als die Crew alle angewiesen hatte, das Schiff zu verlassen und in die Höhlen zu gehen. Sogar Jemba war besorgt, dass irgendjemand das Dactyl-Versteck entdecken könnte. Sie hatten Glück gehabt, dass er die Whiphiden gezwungen hatte, so hoch zu klettern.

Der Nebel begann sich zu lichten, doch graue Wolken zogen von Westen heran. Die Luft roch nach Salz und einem fernen Gewitter. Grelb war besorgt, dass noch mehr Draigons wegen der Blitze auf der Insel landen würden.

Als die Arconier das große, dunkle Schiff verließen, fiel Grelbs Blick sofort auf einen Mann: den Jedi-Ritter Qui-Gon Jinn. Er trug einen Umhang mit übergezogener Kapuze, doch Grelb erkannte seine beeindruckende, hoch gewachsene Erscheinung sofort. Qui-Gon ging schnell an den Arconiern vorbei, als hätte er es eilig, in die Höhlen zu gelangen. Dabei war es doch überhaupt nicht seine Art, sich hastig in Sicherheit zu bringen.

Grelb fischte ein Makro-Fernglas aus seiner Tasche und stellte es auf den Jedi ein. Qui-Gon stieg schnell und ohne Pause den Hügel hinauf. Doch anstatt in der ersten Höhle Deckung zu suchen, die die Arconier bereits erreicht hatten, kletterte er weiter. Er arbeitete sich an einem steilen Grat entlang, um die Flanke des Berges zu erreichen ohne gesehen zu werden.

Grelb wäre dem Jedi liebend gern nachgekrochen und hätte ihn erschossen, doch er wagte es nicht ohne Jembas Erlaubnis. Er griff nach seinem Comm Unit und drückte eine Taste. Jemba antwortete in Sekundenschnelle.

„Der Jedi-Ritter kommt den Berg herauf“, sagte Grelb.

„Wohin geht er?“, bellte Jemba. Er klang nervös und das mit gutem Grund.

„Ich weiß es nicht. Aber es gefällt mir nicht", gab Grelb zurück.

Jemba zögerte einen Moment lang. „Nimm Verstärkung mit und sieh zu, dass er nicht mehr zurückkommt."

Si Treemba sah krank aus. Der gesunde, grüne Farbton seiner Haut hatte sich zu einem blassen Grau gewandelt und seine kleinen Schuppen begannen sich abzulösen. Qui-Gon war jetzt schon seit Stunden weg.

Seit Clat'Ha ihm erzählt hatte, dass Qui-Gon sich auf die Suche nach dem Dactyl gemacht hatte, war Obi-Wan frustriert. Er akzeptierte, dass er nicht der Padawan des Jedi sein konnte, doch hätte Qui-Gon ihn nicht wenigstens einmal um Hilfe bitten können?

Natürlich hatte er das nicht getan. Natürlich war er allein gegangen.

Obi-Wan beobachtete in der dunklen Höhle seinen Freund mit besorgter Mine. Die Hutts und Whiphiden hatten die einzige Beleuchtung in eine andere Kammer mitgenommen und nur reflektiertes Licht fand seinen Weg hierher.

Die Arconier hatten sich an der Rückseite der entferntesten Kammer niedergelassen – und es waren seltsame Grotten. Jede der Kavernen maß vier Meter Breite an ihrem engsten Punkt und war zehn Meter hoch. Vielleicht ein Dutzend Durchgänge führten zur Oberfläche. An vielen Orten öffneten sich Tunnel zu großen Hohlräumen. Klauenspuren auf dem Boden zeigten, dass sie von Tieren gegraben worden waren, obwohl die Arconier nichts Derartiges gefunden hatten.

Die Offworld-Leute bewachten den Eingang, um sicherzugehen, dass niemand floh. Stalaktiten hingen überall wie glitzernde Speere herab und außer Steinen gab es nichts, um sich daraufzusetzen. Die Augen der Arconier leuchteten schwach in der Dunkelheit.

Si Treemba summte etwas auf Arconisch. Andere in seiner Nähe taten dasselbe. Obi-Wan lehnte sich dichter an seinen Freund.

„Was summt ihr?", fragte er leise.

„Wir singen ein Lied des Dankes", erklärte Si Treemba. Er übersetzte es für Obi-Wan:

Die Sonne ist untergegangen
Dunkel der Planet
In dieser Höhle auf Steinen gefangen
Doch unsere Bruderschaft besteht.

Der Sturm mag draußen wüten
Doch hier drin ist´s still
Wir hängen an der Erde wie Fleisch am Knochen
Zu unseren Brüdern gehören wir.

Obi-Wan schien dies ein sehr trauriges Lied zu sein. Aber er war kein Arconier. Er war nicht daran gewohnt, eine Höhle zu seinem Heim zu erklären. Vielleicht klang das Lied für Si Treemba fröhlicher. Die Arconier machten den

Eindruck, als ob sie sich mit ihrem Tod abfanden. Er konnte eine solche Resignation nicht verstehen. Sein Bedürfnis zu kämpfen, zu reagieren, wurde mit jeder Minute dringlicher. Obi-Wan wehrte sich gegen das Gefühl. War er nicht immer wieder vor seiner Ungeduld gewarnt worden? Dies war seine Prüfung. Er musste nach dem Jedi-Kodex leben und warten, auch wenn sein Freund von ihm ging. Das war das härteste, was er jemals zu tun hatte. Doch er vertraute auf Qui-Gon.

„Versprich mir", sagte Obi-Wan leise zu Si Treemba, „dass du hier nicht einfach so stirbst."

„Wir werden hier nicht einfach so sterben", versprach Si Treemba.

„Meinst du es auch so? Wirst du durchhalten, bis Qui-Gon zurückkommt?", fragte Obi-Wan eindringlich.

„Wir werden versuchen, zu überleben, Obi-Wan", versprach Si Treemba. „Aber das Dactyl muss bald hier sein."

Kapitel 19

Vorsichtig schob sich Qui-Gon an einem Grat entlang, den eigentlich kein Mensch erklimmen konnte. In strömendem Regen griff er mit Fingern und Zehen nach kleinen Vorsprüngen, an denen er sich kaum festhalten konnte.

Er wusste, dass er sich beeilen musste. Er hatte schon Zeit verloren, indem er sich von der Seite des Berges angeschlichen hatte. Doch ihm war klar, dass man ihn leicht hätte sehen können, wenn er direkt den Steilhang hochgeklettert wäre. Jetzt allerdings kam er an den Punkt, wo er riskieren musste entdeckt zu werden. Von nun an verlief sein Weg gerade nach oben.

Im Moment machte er sich mehr Sorgen über die Draigons als über die Hutts. Die Kreaturen waren jetzt aktiv. Viele waren auf Klippen über ihm gelandet, so als warteten sie auf das Ende des Sturmes. Er blieb im Schatten und bewegte sich zwischen Felsen, aus Sorge, er könne entdeckt werden. Manchmal musste er schmerzhaft lange Minuten warten, bis ein Draigon seinen schuppigen, silberfarbenen Kopf wegdrehte.

Geduld, sagte er sich immer und immer wieder. *Wir müssen Geduld haben*. Das war ein Teil des Jedi-Kodex, der nicht geschrieben stand. Dabei war es so schwer, geduldig zu sein, wenn so viele Leben auf dem Spiel standen.

Seine Finger waren wund und blutig. In der Nähe zuckten Blitze durch die Wolken. Donner grollte. Der Himmel war dunkel und schwer. Der Wind heulte zwischen den Steinen.

Qui-Gon fühlte sich schutzlos der Umwelt ausgesetzt. Er war ein großer Mann, ein gutes Ziel für die Draigons. Ein Blitz hätte seine Position enthüllen – oder ihn erschlagen können.

Einen Moment lang hielt er keuchend inne. Regen lief seine Stirn hinab und ließ seine Kleider schwer werden. Er war halb erfroren und noch immer schwach wegen der Verletzungen, die der Pirat ihm zugefügt hatte. Er schaute zum Ozean. Nicht weit weg raste ein Draigon wie ein Blasterschuss zum Meer hinunter, seine Flügel zusammengefaltet.

Er tauchte mit flatternden Schwingen in die donnernde See ein. Als er wieder aus den weiß gekrönten Wellen auftauchte, zappelte ein riesiger, glitzernder Fisch in seinem Maul.

Zum Glück hatte der Draigon ihn nicht gesehen. Und wenn doch, dann machte er sich nichts aus Menschenfleisch. Vielleicht hatten die Draigons noch nie Tiere an Land gesehen und dachten nicht daran, dort zu jagen.

Qui-Gon wagte nicht hinunterblicken. Ein paar hundert Meter über ihm sah er einen dünnen Nebel aus einer Spalte austreten. Der Wind verwehte den Dunst in alle Richtungen. Es brauchte das scharfe Auge von jemandem, der wusste, wonach er suchte – doch der Nebel hatte definitiv eine leicht gelbe Färbung.

Dort war das Dactyl.

Die Strecke war schwierig zu meistern. Hier gab es keine Wege. Kein einziger Stein auf diesem Planeten war jemals von einem Fuß berührt worden. Fast jedes Mal, wenn Qui-Gon auf einen Stein trat, drehte sich der unter seinen Füßen weg. Und wenn er liegen blieb, dann war er scharfkantig und schmerzte an den Fußsohlen. Die einzigen Pflanzen, die er fand, waren kleine graue Flechten, die alles überdeckten. Als sie noch trocken waren, lief es sich auf ihnen wie auf einem Teppich. Doch als der Morgenregen angefangen hatte, waren sie glitschig geworden.

Obwohl er fühlte, wie die Macht ihn zu dem Dactyl führte, schien es noch immer eine schier unmögliche Aufgabe zu sein.

Blitze zuckten durch die Luft. Donner erschütterte den Stein unter seinen Fingerspitzen. Wind zerrte an seinem Rücken. Qui-Gon klammerte sich an die Felswand. Seine Schulter pulsierte.

Nicht mehr weit, sagte er sich.

Da schlug ein Blitz genau über seinem Kopf ein. Felssplitter flogen gegen seine Wange.

Einen Moment lang dachte er, dass er beinahe von einem Blitz durchbohrt worden war. Doch dann fiel ihm auf, dass der Blitz zu schwach gewesen war.

Ein Blasterschuss. Jemand hatte auf ihn geschossen!

Qui-Gon reckte seinen Hals und versuchte, nach unten zu schauen. Er sah sie sofort in den Felsen. Ein Hutt konnte sich nur schwer verstecken. Es war Grelb, Jembas Botenjunge. Er kroch vorwärts, von ein paar Whiphiden flankiert. Sie hoben schwere Blastergewehre und feuerten noch einmal. Der Hutt lachte vergnügt.

Blasterschüsse explodierten überall um Qui-Gon herum.

Sein Lichtschwert war nutzlos. Es gab keinen Ort, an dem er sich verstecken konnte, keine Möglichkeit zu kämpfen.

Qui-Gon schleppte sich unter Schmerzen vorwärts.

Grelb the Hutt kicherte vor Vergnügen. Sein Plan war perfekt aufgegangen. Er wusste, dass Qui-Gon an der Seite des Abhangs erscheinen und den letzten Teil des Aufstiegs zu dem Dactyl auf geradem Weg machen musste. Alles, was er zu tun hatte, war einen günstigen Platz zu finden und zu warten.

Zuerst hatte er Angst vor den Draigons gehabt und sich in der Hoffnung ruhig verhalten, sie könnten ihn für einen Stein halten. Doch je länger er dort saß, desto sicherer fühlte sich Grelb. Die Draigons waren vermutlich nur Fischfresser.

Er hatte keine Angst vor ihren Zähnen – doch die rauen Steine dieser Welt drohten sogar durch Grelbs dicke Haut zu dringen. Der Hutt wollte nichts weiter, als zum Schiff zurückkriechen, in Sicherheit.

Doch zunächst hatte er einen Job zu erledigen: den Jedi umzubringen.

Das würde ein Vergnügen werden.

Der Jedi hing dort oben auf einer Steilwand fest und versuchte, die Spalte zu erreichen, in der das Dactyl versteckt war. Qui-Gon hatte keinen Blaster; er konnte nicht zurückschießen. Außerdem war er ein schwer zu verfehlendes Ziel. Es sah so aus, als sei er ein leichtes Opfer.

Grelb sagte zu seinen Begleitern: „Lasst euch Zeit. Viel Vergnügen."

Seine Whiphiden jauchzten vor Freude, denn sie quälten gern hilflose Kreaturen. Sie begannen ein pausenloses Sperrfeuer, verfehlten den Jedi aber absichtlich. Sie zielten gerade dicht genug, um den Jedi zu verängstigen.

„Seht euch an, wie er sich windet, Jungs!", höhnte Grelb, „erinnert mich an den Fisch, den ich gestern zum Abendessen hatte!"

Doch in Wahrheit wand sich der Jedi nicht. Weder duckte er sich, noch versuchte er auszuweichen. Er wurde nicht einmal langsamer. Unbeirrbar erklomm er die Steilwand, auch als ein Fels ein paar Millimeter vor seinem Gesicht zersplitterte.

Die Whiphiden wurden ärgerlich. „Ist er blind?", fragte einer von ihnen. „Das macht keinen Spaß mehr“, beschwerte sich ein anderer. Grelb runzelte die Stirn. Er wollte keine unzufriedenen Whiphiden. Er war auf ihre Loyalität angewiesen. „Wie wäre es mit einer Wette?“, schlug er daher vor. „Mal sehen, wer ihn da mit einem Schuss runterholt!“

„Mit einem Schuss?“, schrien seine Kompagnons. Und die Wette galt.

Um die Wette noch interessanter zu machen, hielt Grelb mit zwei zu eins gegen die Whiphiden. Ungeduldig beobachtete er den Jedi, wie er seinen Weg entlang der Klippe fortsetzte. Die beiden Whiphiden, die die Wette abgeschlossen hatten, hoben die Waffen auf ihre Schultern. Mit angehaltenem Atem wartete Grelb, dass der letzte Whiphide seinen Schuss abgeben würde. Blitze zuckten, Donner grollte.

Eine Windbö drückte gegen Grelbs Rücken.

Der linke Fuß des Jedi stand auf einem kleinen Vorsprung, er balancierte unsicher. Er streckte sich nach einem Halt darüber aus. Ein Schuss in den Fuß würde ihn vermutlich herunterholen.

„Schießt endlich!“, brüllte Grelb.

Hinter ihm ertönte ein eigenartiges Geräusch. So etwas wie ein Rülpser.

Grelb drehte sich, um nach dem Anführer der Whiphiden zu sehen. Und dort, hinter seinem Rücken, stand ein großer Draigon. Er war so leise gelandet, dass Grelb es nicht gehört hatte.

Es war das erste Mal, dass er einen aus der Nähe sah. Der Körper des Draigon war mit winzigen, silberfarbenen Schuppen bedeckt. Seine riesigen, gelben Augen sahen aus wie die eines Fisches. Er hatte keine Vorderbeine, nur eine einzige große Klaue an jedem Flügel. Und in seinem Maul hatte er die eigenartigsten Zähne, die Grelb je gesehen hatte – wie riesige Nadeln, die aus seinem Gaumen hervorstanden. Das Monster erinnerte ihn entfernt an einen Ithorianischen Razor-Hai.

Das massige Reptil hatte den Whiphiden-Scharfschützen halb im Maul.

„Aaaarg!", schrie Grelb, als er hastig zur nächstgelegenen Spalte kroch.

Die Whiphiden drehten sich um und eröffneten das Feuer auf den Draigon.

Qui-Gon zog sich die letzten drei Meter hoch und stieg in die kleine Höhle. Dort ruhte er sich einen Moment lang keuchend aus und hielt sich den rechten Arm. Der bittere Geruch von Schwefel und Ammoniak drang zu ihm. Er blickte tiefer in die Höhle hinein. Die Dactylkristalle lagen auf dem schmierigen Boden der Höhle; sie glühten in gedämpftem Gelb.

Das Blasterfeuer kam noch immer so schnell wie zuvor. Die Waffen gaben ein dauerndes *Bumm Bumm Bumm* von sich. Doch die Schüsse waren nicht mehr auf Qui-Gon gerichtet. Die Whiphiden hatten sich in den Felsen versteckt und feuerten auf Draigons. Das Blasterfeuer zog sie zuhauf an. Draigons rasten durch den Himmel, stießen von den Klippen herab. Ein paar der riesigen Kreaturen hatten sich um die Whiphiden herum versammelt, andere kamen hungrig aus dem Himmel gestürzt.

Qui-Gon sah von der Klippe hinab und beobachtete den Kampf. Er war den ganzen Morgen unterwegs gewesen, ohne einen Draigon auf sich aufmerksam gemacht zu haben. Jetzt zogen die einfältigen Whiphiden sie mit ihrem Blasterfeuer in Scharen an.

Draigons kreischten, ein einziges lautes Geschrei. Sie tauchten mit ihren ledrigen Schwingen aus den Wolken herab, kletterten auf die Felsen und reckten ihre Hälse. Zähne blitzen im Gewitter auf.

Die Whiphiden wurden auseinander getrieben und versuchten, sich unter großen Felsblöcken zu verstecken. Ein Whiphide schrie in Todesangst auf, als ein Draigon aus dem Himmel stieß und ihn aus seinem Versteck hervorzerrte.

Qui-Gon nutzte die Verwirrung, um das Dactyl in den Stoffsack zu packen, den er mitgebracht hatte. Minutenlang kämpften und schrien die Whiphiden, als dutzende über dutzende der riesigen Draigons auf sie einhackten.

Plötzlich verdunkelte ein Schatten das Licht in der Höhle. Ein Draigon kreischte so schneidend, dass das Gestein um Qui-Gon herum erbebte. Er drückte sich an die Wand der Höhle.

Der Draigon hielt sich außerhalb der Felsöffnung mit

den Krallen seiner Flügel fest. Er stieß wieder einen stechenden Schrei aus und da wusste Qui-Gon, dass er nichts mehr tun konnte.

Sie hatten ihn entdeckt.

Als die Draigons aus dem Himmel geflogen kamen, war Grelb heimlich davongekrochen.

Die großen, haarigen Whiphiden tanzten zwischen den Felsen umher, schossen mit ihren Blastern und stießen Kriegsschreie aus. Es herrschte völliges Chaos.

Grelb hatte Glück, dass junge Hutts – so wie manche Arten von Würmern und Schnecken – sich durch enge Löcher zwängen und zwischen Felsen bewegen konnten.

Daher konnte Grelb sich auch schnell von den Whiphiden entfernen. Er ließ sie allein gegen die Draigons kämpfen.

Als er auf halbem Weg den Berg hinuntergelangt war, wagte er schließlich, seinen Kopf weit genug hervorzustrecken, um einen Blick auf den gigantischen Ozean zu werfen. Auch dabei hielt er sein Blastergewehr dicht an der Brust. Die Flut war tatsächlich gestiegen und näherte sich der Außenhülle der *Monument*. Doch es schien, als hätte Jemba das Schiff umsonst verlassen. Es würde heute nicht mehr überflutet werden. Grelb war erleichtert angesichts der Erkenntnis, dass er vielleicht noch lebend von dem Felsen herunterkam.

Hinter ihm auf dem Berg wurden die Kriegsschreie der

Whiphiden immer weniger. Sie hatten ihr Blasterfeuer eingestellt. Grelb hätte vor Grauen erzittern müssen bei dem Gedanken, was mit ihnen geschah.

Der Schrei der Draigons hatte andere aus dem Schwarm aufmerksam gemacht. Sie wetteiferten um einen Platz, als der erste Draigon seinen silberfarbenen Kopf in die Höhlenöffnung streckte. Blitze zuckten durch die Nacht. Zähne länger als Messer tauchten vor Qui-Gons Gesicht auf und er roch den Gestank von totem Fisch im Atem des Draigon.

Plötzlich, inmitten seiner Verzweiflung, fühlte Qui-Gon etwas Eigenartiges – ein sanftes Erbeben der Macht. Als er sich darauf konzentrierte, wurde es stärker. Jemand rief nach ihm. Ein Jedi.

Obi-Wan braucht mich!, wurde ihm bewusst.

Überrascht zog er sich noch weiter in die Höhle zurück. Er musste ruhig werden um nachzudenken. Der Junge hätte ihn eigentlich nicht rufen können. Obi-Wan war nicht sein Padawan. Sie waren nicht verbunden.

Doch er hatte keine Zeit, um die Bedeutung des Rufes zu hinterfragen. Er war dringend und musste befolgt werden. Qui-Gon sah zur Öffnung der Höhle. Dort hörte er, wie sich etwas bewegte. Einen Augenblick lang schlug der Draigon mit seinen Flügeln gegen den Fels und blockierte Qui-Gons Fluchtweg. Dann, auf einmal, stürzte er von seinem unsicheren Standort ab.

Qui-Gon war den Wegen der Macht lange gefolgt.

Jetzt hörte er sie rufen. *Lauf*, befahl sie. *Geh zu Obi-Wan.*

Qui-Gons Herz schlug heftig. Er nahm drei Schritte Anlauf und sprang aus der Höhlenöffnung wohlwissend, dass zweihundert Meter tiefer die scharfen Felsspitzen wie Schwerter hervorstanden. Dennoch vertraute er der Macht.

Er fiel nicht einmal ein Dutzend Meter. Sein Sprung trug ihn geradewegs auf einen Draigon!

Mit einem dumpfen Schlag landete er auf dem Hals der Bestie. Die Kreatur war nass und schleimig. Qui-Gon rutschte beinahe ab, doch er hielt sich mit den Fingerspitzen an der schuppigen Haut fest. Die entzündeten Muskeln in seiner Schulter pulsierten und brannten. Er schaffte es, seine Beine nach oben zu schwingen, so dass er seitwärts auf dem Rücken des Draigon saß.

Die Kreatur brüllte verängstigt auf. Sie war hochgeflogen, um den Jedi zu fressen. Jetzt schüttelte der Draigon seinen Hals und versuchte, ihn abzuwerfen. Er kreischte wieder und wieder, dann drehte er sich voller Panik um und flatterte abwärts Richtung Meer.

Qui-Gon hielt seine kostbare Dactyl-Tasche in einer Hand und drückte sich an den Hals seines Draigon. Unter Einsatz aller Kraft, die er aufbringen konnte, flüsterte er dem Draigon zu: „Hilf mir, Freund. Trag mich zu den Höhlen hinunter. Schnell!"

Die Draigons, die die Whiphiden jagten, hörten den verzweifelten Schrei von Qui-Gons Reittier. Sie sahen nach oben und erblickten einen Menschen auf seinem Rücken. Die anderen Draigons versammelten sich zu einem Schwarm und nahmen die Verfolgung auf.

Qui-Gons Träger schlug mit den Flügeln und raste auf die Höhlen zu. Qui-Gon war nicht sicher, ob er die Kreatur lange kontrollieren konnte, denn deren kleines Hirn war nur bösartig und wurde von nichts als unstillbarem Hunger getrieben.

Grelb bedauerte den Tod seiner Whiphiden-Wachen, als er zum Berg zurücksah. Zu hunderten saßen die Draigons dort.

Zu seiner Überraschung sah er Qui-Gon aus seiner Felsspalte auf den Rücken eines jagenden Draigon springen. Der Jedi flog Richtung Schiff davon.

Grelbs Kiefer klappte nach unten und er versteckte sich unter einem Felsen. Dort blieb er zitternd sitzen. Der Jedi war am Leben und auf dem Weg zurück nach unten. Das konnte nur eines bedeuten.

Grelb war erledigt. Jemba würde ihn mit einem Schuss umbringen, wenn er sich blicken ließ. Vielleicht würde er ihn auch langsam umbringen, als Lektion.

Er hatte sich seinen Weg zur Machtposition als Jembas rechte Hand nicht erkämpft, um sich jetzt von einem Jedi besiegen zu lassen. Er hatte zu hart dafür gearbeitet! All die Morde, all die Folterungen Unschuldiger, all die Bereicherung, all die Sabotageakte – es durfte nicht umsonst gewesen sein.

Er musste den Jedi umbringen, bevor Qui-Gon die Höhlen erreichte und Jemba ihn sah. So schnell er konnte, kroch Grelb die Felsen hinab.

Kapitel 20

Die Arconier in den Höhlen wurden immer schwächer. Ihre biolumineszenten Augen wurden dunkler, wie die erlöschende Glut eines Feuers.

In der Nähe leisteten Clat'Ha und ein paar andere Menschen sterbenden Arconiern Hilfe. Die normalerweise so agile Frau wirkte erschöpft und zermürbt. Sie konnte nichts weiter für die Arconier tun, als es ihnen so bequem wie möglich zu machen.

Si Treemba hatte sich seit Stunden nicht mehr bewegt. Er flüsterte Obi-Wan zu, dass er sich seine Kraft sparen wollte. Obi-Wan glaubte aber, dass sein Freund zu müde war, um sich zu bewegen.

Obi-Wan war verzweifelt. Er ertrug es nicht, hilflos herumzusitzen, während ein Freund starb. Ein Dutzend Mal hatte er daran gedacht, hinauszulaufen und Qui-Gon zu suchen. Doch er hatte dem Drang widerstanden. Er musste an der Seite seines Freundes bleiben und ihn beschützen.

Obi-Wan legte verzweifelt seine Stirn auf die Knie. Er starrte auf den Höhlenboden. Wozu war all das Jedi-Training nütze? Er hatte sich noch niemals so hilflos gefühlt. Nichts von dem, was er gelernt hatte, nicht einmal von dem, was Yoda ihm beigebracht hatte, hatte ihn auf diesen Moment vorbereiten können. Er war am Ende aller Dinge angelangt – Vertrauen, Hoffnung, den Glauben an sich selbst. Er hatte versagt. Sein ganzes Leben lang würde er sich daran erinnern, an seinen dunkelsten Augenblick.

Dunkelsten Augenblick …

Eine Erinnerung stieg in Obi-Wan hoch. Er erinnerte sich an eine Dämmerungskonferenz mit Yoda. „Wo sind meine Grenzen und wie werde ich wissen, wenn ich dort angelangt bin?“, hatte Obi-Wan gefragt. „Und wenn ich nicht mehr weiter weiß, wen frage ich um Hilfe?“

Dabei hatte Yoda ihm gesagt, dass er in Augenblicken extremer Gefahr, wenn er bereits alles versucht hatte, die Macht benutzen konnte, um einen anderen Jedi zu rufen. „Nahe musst du ihm sein“, hatte Yoda gesagt, „verbunden.“

Qui-Gon hätte vermutlich nicht angenommen, dass zwischen ihnen beiden eine Verbindung bestand. Doch Obi-Wan musste es versuchen.

In der dunklen Höhle griff er nach der Macht. Er fühlte ihren Puls und drang in ihre Energie ein. Er streckte sich mit seinen Jedi-Sinnen aus, versuchte die Gegenwart des Jedi-Meisters zu spüren. Doch Obi-Wan war ein junger Mann. Er konnte die Macht nicht so kontrollieren, wie er wollte. Daher rief er einfach still: *Qui-Gon! Komm jetzt zurück! Die Arconier werden ohne das Dactyl sterben.*

Vom Höhlenausgang kam ein lautes, donnerndes Lachen. Obi-Wan sah hoch. Er hatte mit allem, was er hatte, nach Qui-Gon gerufen und stattdessen nur Jemba the Hutt mobilisiert. So viel zu seinen Fähigkeiten.

Jemba schob sich auf sie zu, sein immenser Körper füllte die Kaverne aus. „Wie geht es euch? Gut, hoffe ich", stichelte er. „Nun, falls dem nicht so sein sollte, habe ich Dactyl zu verkaufen! Dactyl für die Bedürftigen. Alles, was es euch kostet, ist euer Leben! Wir haben etwas davon hier und noch viel mehr woanders versteckt."

Überall in der Höhle begannen Arconier zu stöhnen. Manche von ihnen drehten sich um und krochen unter Schmerzen auf den Hutt zu, der das Dactyl besaß.

Abscheu erfüllte Obi-Wan. Er sprang auf. „Schluss damit!", rief er. Bevor er es wusste, war sein Lichtschwert gezogen. Er legte fünfzig Meter zurück und sprang dabei über dutzende von leidenden Arconiern, bevor er vor dem monströsen Hutt stand. Er zündete das Laserschwert über seinem Kopf in einem Übungsschwung. Der echsenähnliche Hutt war in dem Licht deutlich zu sehen. Ein Dutzend andere Hutts und Whiphiden füllten den Tunnel hinter ihm, doch Jembas Masse würde es ihnen erschweren, zu schießen.

„Nun denn", röhrte Jemba, „es freut mich zu sehen, dass du auch tapfer bist, wenn dein Meister dir nicht den Rücken deckt!"

„Geh, Jemba", brachte Obi-Wan hervor. Er erstickte fast vor Zorn und weil er im Stimmbruch war, knackte seine Stimme.

Hinter seinem Rücken erschien mit gezogenem Blaster Clat'Ha. „Er hat Recht. Du bist hier nicht willkommen."

„Also gut", donnerte Jemba. „Wenn es das ist, was ihr wollt, dann werde ich eure Freunde gern dem Tod überlassen."

„Gib ihnen das Dactyl!", befahl Obi-Wan. Er umfasste das Lichtschwert fester, konnte fühlen, wie seine Hitze langsam den Griff erwärmte. Die Klinge summte in der Luft; jeder seiner Muskeln war bereit, vorwärts zu springen und einen Schnitt zu machen. Schweiß rann Obi-Wans Gesicht herab. Er bleckte die Zähne.

„Ist das nicht amüsant?", fragte Jemba seine Mitstreiter. „Dieser hier ist gar kein Machtbenutzer. Es steht in den Schiffsaufzeichnungen. Er ist nichts weiter als ein Farmer, einer, der aus dem Jedi-Tempel geworfen wurde."

Obi-Wan kämpfte seine Wut über Jembas Stichelei nieder. Lange Sekunden kämpfte er, suchte in sich selbst nach einem Ort der Ruhe und des Friedens. Dann erinnerte er sich an Qui-Gons Worte. Jemba war nicht der wahre Feind. Der Zorn war es.

Schließlich fand er die Ruhe, die er brauchte. Er öffnete seine Sinne, um nach der Macht zu tasten. Er fühlte sie jetzt, sie umgab ihn, war in Jemba, in den Steinen, in den Arconiern, die hinter ihm so schnell schwächer wurden. Er fühlte die Macht und gab sich ihr ganz hin.

„Qui-Gon!", rief Obi-Wan überrascht.

Er war so darauf konzentriert gewesen, den Jedi-Meister um Hilfe zu rufen, dass er über die Maßen überrascht war, etwas ganz anderes zu fühlen: Qui-Gon rief *ihn* um Hilfe.

„Jemba, geh mir aus dem Weg!", schrie Obi-Wan. „Qui-Gon ist in Gefahr!"

„Ha ha!", brüllte der große Hutt. Er schlug sich in die Seiten, so als täte ihm das Lachen weh. „Warum überrascht mich das nicht? Vielleicht, weil ich Leute geschickt habe, um ihn zu töten?"

Doch es war nicht nur Qui-Gon. Die Gefahr drohte ihnen allen. Qui-Gon rief nicht einfach um Hilfe, er wollte Obi-Wan warnen.

„Ich meine es ernst, Jemba", warnte Obi-Wan. „Wir schweben alle in Gefahr!"

„Willst du mich jetzt hereinlegen, Kleiner?", fragte Jemba. „Willst du, dass ich zu meinen Schuhen hinunterschaue, damit du mich aufspießen kannst? Ha ha ha. Dieser Trick wird bei mir nicht funktionieren. Hutts haben keine Füße!"

Er versuchte Zeit zu gewinnen. Obi-Wan schlug einen Salto in der Luft und landete vor Jemba. Dann nutzte er das Kraftmoment der Landung und sprang über den Kopf des Hutt hinweg. Obi-Wan landete auf Jembas Rücken. Der Hutt heulte auf.

„Ich hatte dich gewarnt", rief Obi-Wan und umfasste sein Lichtschwert fester. Dann rannte er Jembas Schwanz hinab und sprang über die Köpfe der überraschten Whiphiden-Wachen hinweg.

Ein Whiphide feuerte seinen Blaster auf Obi-Wans Rückseite ab, doch der schaffte es, sein Lichtschwert vor seinen Rücken zu bringen und den Schuss abzuwehren. Er rannte durch die Tunnel, an den verblüfften Hutts und Whiphiden vorbei. Sein Wille, Qui-Gon zu finden, verlieh ihm übermenschliche Kräfte. Er war zutiefst verwundert, den Warnruf des Jedi-Ritters gehört, seine Verbindung gefühlt zu haben.

Hinter ihm stießen ein paar Whiphiden Kriegsrufe aus, doch Jemba brüllte sie alle nieder. „Nein! Lasst ihn mir! Der Junge gehört mir!“

Kapitel 21

„Da, mein Freund“, sagte Qui-Gon zu dem Draigon. Er zeigte auf die Höhlen. Die dutzenden Duchgänge zu den Kavernen lagen alle im selben Hügel. Aus der Entfernung sahen die Öffnungen wie Wurmlöcher aus.

Qui-Gon kämpfte, um die Gedanken des Draigon kontrollieren zu können, um ihn sicher auf den Boden zu führen. Er war besorgt. So weit das Auge reichte, schwärmten Draigons auf die Höhlen zu. Das Gebrüll, mit dem sie sich verständigten, war ohrenbetäubend.

Qui-Gon hatte die gigantischen Bäume der Silberwälder von Kubindi gesehen. Manche ihrer riesigen Blätter konnten zwanzig Meter lang werden und wenn sie im Herbst abfielen, segelten sie wie gigantische Floße am Himmel herum. Daran erinnerten ihn die Draigons. Sie flogen durch den bleiernen Himmel wie die Blätter aus den Kubindi-Wäldern.

Dabei ging von diesen Kreaturen Todesgefahr aus und wie Qui-Gon flogen sie auf die Höhlen zu.

Qui-Gon rief in seinen Gedanken, warnte den jungen Obi-Wan noch einmal vor der Gefahr. Dann wartete er.

Der Draigon segelte hinab, am schmalen Grat außerhalb der Höhlen entlang. Qui-Gon wartete den richtigen Moment ab, dann sprang er vom Rücken der Kreatur ab. Er landete auf dem Grat und stützte sich mit der Hand gegen die Außenwand der Höhle. Der Draigon flog mit einem leisen, verunsicherten Schrei davon. Sein Wille war wieder frei.

Qui-Gon hatte erst zwei Schritte Richtung Höhle gemacht, als er Obi-Wan aus der Öffnung laufen sah, das Lichtschwert hoch erhoben.

Obi-Wan rannte aus der Höhle und blieb sofort stehen. Er starrte voller Entsetzen zum Himmel. Zunächst hatte er gedacht, es wären dunkle Wolken. Doch jetzt wurde ihm bewusst, dass Unmengen von Draigons die Sonne verdunkelten. Und sie alle kamen auf die Höhlen zugeflogen.

Niemals in seinem jungen Leben hatte er solche Angst gespürt. Seine Knie wurden weich und sein Kopf war plötzlich leer. Er wusste nicht, was er tun sollte.

Dann sah er Qui-Gon auf sich zukommen. Erleichterung kam über ihn. Der Jedi war verwundet und blutete, seine Schulter war steif. Aber er war am Leben.

„Habt Ihr das Dactyl mitgebracht?", rief Obi-Wan.

Qui-Gon nickte. „Die Arconier?"

„Sie leben noch, aber sie sind sehr schwach. Los, Qui-Gon. Ich halte den Höhleneingang!"

Obi-Wan erwartete, dass Qui-Gon *ihn* mit dem Dactyl in die Höhle schicken würde. Doch der Jedi blickte ihn nur eine Zehntelsekunde lang an. Obi-Wan sah Respekt und Anerkennung in den Augen des Meisters.

„Ich werde zurückkommen", versprach Qui-Gon und lief in die Höhle.

Innerhalb von Sekunden waren die Draigons über Obi-Wan. Sein Lichtschwert schlug und brannte, zischte und kreischte. Draigons brüllten vor Schmerz auf und fielen vor ihm zu Boden. Er kämpfte besser und stärker als jemals zuvor. Sogar besser als er jemals gedacht hatte, dass er würde kämpfen können.

Doch er wusste, dass er die Draigons nicht lange aufhalten konnte.

Qui-Gon rannte durch die Höhle, vorbei an Whiphiden- und Hutt-Wachen, seine Dactyl-Tasche unter dem Arm.

Sein Gesichtsausdruck war derart entschlossen, dass niemand wagte ihn aufzuhalten. Stattdessen duckten sich Jembas Wachen ängstlich, bis Qui-Gon vor Jemba stand.

„Stopp!", befahl der Hutt. „Wo willst du hin?"

Qui-Gon starrte Jemba an. „Du solltest deine Wachen zum Höhleneingang schicken", warnte Qui-Gon. „Wir haben Probleme."

„Ha!", lachte Jemba. „Dein einfältiger Schüler hat diesen Trick schon probiert!"

Plötzlich brüllte ein Draigon in der Nähe des Tunneleingangs. Die Höhle bebte. Staub fiel von der Höhlendecke herab.

„Es geht los", sagte Qui-Gon kurz.

Er lief an dem enormen Hutt vorbei und beeilte sich, das Dactyl zu den Arconiern zu bringen.

Grelb hatte sich zwischen zwei flache Felsen gequetscht und ruhte sich einen Moment lang aus. Er hatte seinen schweren Blaster in der Hand und sah zu den Höhlen hinunter. Er hatte seine Chance, Qui-Gon umzubringen, versäumt. Der große Jedi war bereits in die Höhlen gelaufen. Doch Obi-Wan bewachte mit gezücktem Lichtschwert den Eingang.

Er wollte den Meister, doch jetzt musste er sich zunächst mit dem Schüler zufrieden geben.

Draigons stürzten zu dutzenden aus dem Himmel herab und sammelten sich um den Jungen. Sogar Grelb musste die Fähigkeiten des jungen Jedi bewundern. Sein Lichtschwert traf wieder und wieder, doch der Junge zeigte keine Zeichen der Ermüdung. Es war fast schade, ihn umzubringen.

Blitze zuckten durch die Nacht. Regen prasselte auf die Steine über Grelbs Kopf. Das Versteck unter den Felsen hatte auch etwas Gutes – es war wenigstens trocken.

Er hob sein Blastergewehr und versuchte, auf den jungen Jedi zu zielen. Das Lichtschwert des Jungen blitzte zwischen den Draigons auf.

Alles, was ich jetzt brauche, dachte Grelb, *ist ein kurzer Augenblick, um meinen Schuss abzufeuern. Nur einen …*

Kapitel 22

Der Kampf war anders als alles, was Obi-Wan sich bisher ausgemalt hatte. Er verspürte keine Angst. Er hatte sogar die Tatsache akzeptiert, dass er sterben würde. Seine Chancen standen einfach zu schlecht. Jetzt kämpfte er nur noch, um die Arconier zu beschützen. Er fühlte keinen Zorn. Er hasste die hungrigen Kreaturen nicht, die zu hunderten aus dem verdunkelten Himmel geschossen kamen.

Die Macht war sein Verbündeter.

Er konnte fühlen, wie sie seine Bewegungen lenkte, wie sie ihn und die Draigons durchfloss. Er sprang und schlug Saltos. Er drehte sich und schlug durch Muskeln und Klauen. Der Kampf war zu einem Tanz um das nackte Überleben geworden.

Und während er tanzte, veränderte sich Obi-Wan. Er fühlte seltsame Vorahnungen, wie er sie noch nie in seinem Leben gespürt hatte. Er sah Attacken, bevor sie stattfanden. Er spürte den Schlag eines Schwanzes, bevor er ihn traf. Die Muskeln der Draigons waren unglaublich deutlich definiert, so dass er schon am winzigsten Zucken ablesen konnte, welcher Draigon sich als nächster drehen würde. Tote Draigons lagen auf dem Boden um ihn herum. Er gab sich voll und ganz dem Tanz hin.

Nach einigen Minuten begann er, sich Richtung Höhleneingang zurückzuziehen. Er hatte eine Idee. Wenn er die Draigons ganz vorn am Eingang umbrachte, dann würden ihre Körper diesen blockieren. Wenn dann genug Eingänge blockiert waren, hätten sie vielleicht eine Chance.

Er kämpfte wie wild auf dem Weg zurück. Er hatte gerade den Eingang erreicht, als er ein bekanntes Lachen hörte.

„Gut gemacht, Kleiner!", höhnte Jemba. Der enorme Hutt kam aus dem Schatten der Höhle gekrochen. Er hielt ein übergroßes Blastergewehr in der Hand.

Obi-Wan hatte kaum Zeit, den Hutt anzusehen – drei Draigons hatten den Eingang der Höhle erreicht.

„Hilf mir!", rief Obi-Wan Jemba zu, als er kämpfte. Für den Hutt wäre es einfach gewesen, die drei Draigons zu erschießen. Er hätte ihm bei seinem Plan behilflich sein können. Obi-Wan wusste, dass er sich kaum bemühen würde, ihn zu retten. Doch Jemba würde sich sicherlich selbst retten wollen.

„Natürlich helfe ich dir", lachte Jemba, „in den Tod!". Er hob seinen Blaster und zielte.

Grelb hockte unter seinem Felsen. Draigons lagen vor Obi-Wans Füßen. Der Junge stand vor der gähnenden Öffnung der Höhle.

Der Hutt kicherte leise. Er sah seine Chance und drückte den Abzug seines Blasters.

Der Schuss wurde abgefeuert – doch zu Grelbs Überraschung musste der junge Obi-Wan sein Kommen gespürt haben, denn er sprang zur Seite. Der Schuss verfehlte ihn knapp.

Grelb brüllte wütend und bereitete sich auf einen neuen Schuss vor. Dieses Mal würde er den Jedi nicht verfehlen. Doch auf einmal fühlte er gewaltige Zähne an seinem Schwanz reißen.

Er hatte sich zu stark konzentriert. Er hatte vergessen, aufzupassen. Ein Draigon hatte ihn entdeckt.

Er hatte kaum noch Zeit zu schreien, bevor ihn der Draigon unter seinem Felsen hervorzog.

Obi-Wan stand keuchend da. Er hatte die Macht gefühlt, als ein Blasterschuss aus dem Nichts gekommen und an seinem Kopf vorbeigezischt war. Doch am meisten überrascht war Jemba the Hutt.

Der massige Hutt war von dem Blasterschuss in die Brust getroffen worden. Einen Moment lang schaute Jemba ungläubig auf seine Wunde herab. „Nun, ha!", lachte er in blankem Entsetzen.

Seine überraschten Augen trafen kurz auf Obi-Wans Blick. Donner grollte und ein Blitz leuchtete auf. Dann fiel Jemba auf den schlammigen Boden und starb.

Der Schrei eines Draigon ließ Obi-Wan wieder an seine missliche Lage denken. Er hatte kaum Zeit, mit seinem

Lichtschwert auf das riesige Maul einzuschlagen und zurückzuspringen.

„Das war ziemlich knapp, würde ich sagen", bemerkte Qui-Gon hinter seinem Rücken. Sein Lichtschwert war angeschaltet und glühte grün. „Ich glaube, du kannst Hilfe gebrauchen."

Kapitel 23

Obi-Wan und Qui-Gon kämpften gemeinsam, Seite an Seite. Die Macht pulsierte zwischen ihnen. Sie wussten, ohne zu sprechen, wohin sich der andere bewegen, wann er zuschlagen würde. Wenn Qui-Gon sich nach vorn bewegte, sprang Obi-Wan zurück, um seine Flanke zu decken. Wenn Obi-Wan nach rechts ging, sorgte Qui-Gon dafür, dass seine linke Seite gesichert war.

Clat'Ha stieß zu ihnen, einen Blaster in jeder Hand und einen weiteren als Ersatz ans Bein geschnallt. Qui-Gon und Clat'Ha hatten den Arconiern schnell das Dactyl verabreicht und so viele von ihnen wiederbelebt, dass sie kämpfen konnten. Si Treemba kümmerte sich mit einer Gruppe von Arconiern um alle Draigons, die versuchten, in den Eingang zu gelangen.

Obi-Wans Plan ging auf. Unzählige Draigons lagen am Eingang und blockierten ihn. Obi-Wan, Qui-Gon und Clat'Ha ließen eine kleine Truppe zum Schutz des Eingangs zurück und rannten zum nächsten. Dann begann der Kampf von vorn.

Vor seinem Tod hatte Jemba den Whiphiden und Hutts

der Offworld Corporation befohlen, ihren Teil der Höhle zu verteidigen. Er hatte sie angewiesen, von den Felsen außerhalb der Höhle zu schießen. Es war eine törichte Strategie. Hunderte von Minenarbeitern kamen ums Leben. Qui-Gon und Obi-Wan überredeten sie schließlich, am Höhleneingang zu kämpfen und die Körper der Draigons als Schild zu benutzen.

Die Offworld-Minenarbeiter und die Jedis arbeiteten zusammen, um die Höhleneingänge zu schützen, doch die Draigons gruben neue Eingänge durch den Fels. Von Zeit zu Zeit brachen einige durch und griffen die Minenarbeiter von oben oder von hinten an. Dabei waren die Arconier sehr nützlich. Gegen Abend war jedem Hutt und jedem Whiphiden auf diesem Felsen klar, dass die Arconier keine Feiglinge waren. Ihre Spezies war in Höhlen und Dunkelheit geboren und nun, da sie in ihrem Element waren, erwiesen sie sich als wilde und kühne Kämpfer.

Kein Draigon, der sich durch die Decke einer Höhle bohrte, konnte einen Arconier überraschen. Die Arconier gingen sogar derart heftig vor, dass die Whiphiden und Hutts schließlich aufgaben und es ihnen überließen, den Kampf zu beenden.

Kurz vor Einbruch der Dunkelheit waren Obi-Wan und Qui-Gon noch immer am letzten Höhleneingang in den Kampf verwickelt. Dampf stieg aus den Mäulern der Draigons auf, wenn sie ihre spitzen Schreie in die dunstige Luft abließen. Doch die Schreie waren kein Kampfgebrüll mehr; es waren Warnungen. Schlagartig brüllte der Rest des Schwarmes und stieg in die Luft. Die Draigons umkreisten die Insel noch zweimal, dann flogen sie geschlagen davon.

Als von den überlebenden Hutts und Whiphiden ein erschöpftes Jubeln aufbrandete, dachte Obi-Wan, es wäre eher ein Jubel der Erleichterung. Doch als ein Whiphide aus der Höhle kam und ihm einen rauen Klaps auf den Rücken gab, da erkannte er, dass dies kein erleichterter Jubel war. Die ehemaligen Feinde jubelten den Jedis zu.

Und später, als er und Qui-Gon in Jembas Kaverne gingen, um den Rest des Dactyls für die Arconier zurückzuholen, versuchte niemand mehr sie aufzuhalten.

Auf Grund von Jembas Befehlen waren dreihundert Offworld-Minenarbeiter im Kampf getötet worden. Siebenundachtzig Arconier hatten ihr Leben verloren. Die Höhlen waren vom klagenden Summen der Arconier erfüllt.

Obi-Wan stand in der Höhle und sah, wie sein Freund mit den anderen Arconiern trauerte. Si Treemba musste jetzt bei seinem Volk sein. Obi-Wan legte eine Hand auf seine Schulter und drückte ihn sanft, dann ging er weg.

Die Minenarbeiter waren fast zur Hälfte dezimiert. Während die Arconier trauerten, schmiedete Clat'Ha Pläne für die Zukunft. Sie ging zu einem von Jembas Aufsehern, einem Hutt namens Aggaba, und sagte: „Aggaba, ich möchte dich und deine Leute anstellen."

„Welche?", fragte Aggaba misstrauisch.

„Euch alle", sagte sie. „Du bist vorläufig der Anführer dieser Leute, bis wir Bandomeer erreichen. Dann kaufe ich euch aus euren Verträgen heraus."

„Und was dann?", fragte Aggaba. Er blickte sie herausfordernd an und fragte sich, wie er wohl von dieser Sache profitieren konnte.

„Ich biete euch allen an, für unsere Firma zu arbeiten", sagte Clat'Ha. „Wir teilen den Gewinn, was für euch ein Vorteil ist. Denk darüber nach. Wenn du nach Bandomeer kommst, werden deine Bosse dich degradieren, dir jemanden anderen vorsetzen. Das ist deine Chance, Offworld Mining zu verlassen und eine anständige Arbeit zu bekommen. Eine, die jetzt und auf lange Sicht besser bezahlt ist."

Aggaba leckte sich die Lippen und sah sich um wie ein in die Ecke gedrängter Jawa. „Unsere Verträge werden nicht billig", sagte er. „Ich würde sagen, zweitausend pro Arbeiter."

„Was auch immer ich dir geben würde", konterte Clat'Ha, „würde nur zu eurem Firmenhauptquartier zurückfließen. Was wäre, wenn ich euch ein besseres Angebot machen würde? Ich gebe dir zwanzig für jeden Arbeiter und einen persönlichen Bonus von zwanzigtausend, wenn du bei mir unterschreibst."

Aggabas Augen wurden groß vor Freude. Clat'Ha verbarg ihr Vergnügen. Aggaba würde den Handel aus reiner Geldgier akzeptieren. Und alle anderen Arbeiter bekämen ihre Freiheit.

Kapitel 24

Qui-Gon wusste, wann er einen Fehler zugeben musste. Er hatte Obi-Wan unterschätzt.

Die Reparaturen waren beinahe fertig. Der Abflug war für das Morgengrauen geplant. Qui-Gon verließ das Schiff, um einen letzten Blick auf das große Meer zu werfen. Er brauchte einen Moment, um über alles, was geschehen war, nachzudenken.

Die Brandung donnerte gegen die Felsen um ihn herum, als er die fünf farbigen Monde des Planeten betrachtete. Sie wurden in der Morgendämmerung immer blasser. Er dachte daran, was Yoda erst vor drei Tagen gesagt hatte: „Doch nicht nur im Zufall wir leben unser Leben. Wenn keinen Schüler als Padawan du mitnehmen wirst, dann wird vielleicht entscheiden das Schicksal irgendwann."

Qui-Gon war noch immer nicht sicher, ob das Schicksal Obi-Wan als seinen Padawan ausgesucht oder ob es sie nur für ein einziges Abenteuer vereint hatte. Er betrachtete es als Zufall, dass er und Obi-Wan auf dem Weg nach Bandomeer gewesen waren. Immerhin hatte Yoda den Jungen nach Bandomeer geschickt, während Qui-Gons Order vom Senat gekommen war – vom Obersten Kanzler selbst! Es gab keine Möglichkeit, dass Yoda und der Oberste Kanzler dies gemeinsam geplant hatten.

Und dennoch, sie waren beide am gleichen Ort. Beide waren sie auf dem Weg nach Bandomeer und Qui-Gon fühlte sich unbehaglich bei dieser Verbindung.

Und da war noch etwas. Für einen Jedi war es nicht einfach, die Gedanken eines anderen zu berühren. Es war eine sehr intime Sache, wie sie normalerweise zwischen engen Freunden geschah. Oder zwischen Ritter und Padawan.

Zum ersten Mal seit langer Zeit wusste Qui-Gon nicht, was er tun sollte.

„Wenn der Weg unsicher ist, dann besser es ist, zu warten", hatte ihm Yoda oft gesagt. Jetzt würde er Yodas Rat annehmen, auch wenn er den Verdacht hatte, dass Yoda etwas Gegenteiliges von ihm erwartete. Er würde Obi-Wan nicht bitten, sein Padawan zu werden. Er würde warten.

Und er würde beobachten. Sie hatten unterschiedliche Aufträge auf Bandomeer, doch er würde Obi-Wan im Auge behalten. Eine Mission reichte nicht, um den Jungen zu prüfen. Es mussten noch mehrere kommen. Erst dann würde Qui-Gon sehen können, ob Obi-Wan tatsächlich dafür bestimmt war, ein Jedi zu werden. Bandomeer war ein Test für ihn, denn Obi-Wan war mit dem Auftrag, den er erhalten hatte, nicht glücklich.

Qui-Gon lächelte. Er musste zugeben, dass der Junge kein Farmer war. Er war für etwas anderes bestimmt. Doch ob sich Obi-Wans Weg mit dem seinen decken würde, wusste er noch immer nicht.

Bis er es wusste, würde er sich nicht entscheiden. Der Junge musste stark sein, um den Schatten desjenigen zu vertreiben, der vor ihm da gewesen war. Und Xanatos warf einen langen, dunklen Schatten.

Qui-Gon wandte sich vom felsigen Ufer ab und ging zurück zum Schiff. Ja, er würde den jungen Obi-Wan im Auge behalten.

Und abgesehen davon hatte er das Gefühl, als ließe ihm das Schicksal ohnehin keine andere Wahl.

Qui-Gon ging durch das Labyrinth der Schiffskorridore, bis er Obi-Wans Kabine erreichte. Er klopfte an die Tür.

„Herein", rief Obi-Wan.

Der Junge saß im Schneidersitz auf dem Bett und starrte auf die Berggipfel hinaus.

„Ich bin froh, wenn ich hier wegkomme", sagte er anstelle einer Begrüßung. „Ich habe hier zu viel Tod gesehen."

„Du hast dich wacker geschlagen", sagte Qui-Gon. „Ich habe die Macht in dir gespürt."

„Es war ... erstaunlich", meinte Obi-Wan leise. „Ich dachte, ich verstünde ihre Kraft. Doch jetzt sehe ich, dass ich bisher nur einen winzigen Teil dessen gesehen habe, was sie wirklich zu tun vermag. Jahrelang hatte ich gedacht, ich wäre ihrer würdig. Doch die Macht hat mich nie richtig erfüllt, bis ich meine eigene Unwürdigkeit erkannt habe." Obi-Wan drehte sich zu Qui-Gon. Seine Augen blickten ihn fragend an. „Wisst Ihr, was ich meine?"

Qui-Gon lächelte. „Du lernst dazu. Ja, ich weiß, was du meinst."

Schweigen blieb zwischen ihnen, doch es war eine angenehme Stille. Zuvor hatte Qui-Gon immer das Bitten gehört, das Obi-Wan unterdrückt hatte. Doch jetzt spürte er, dass Obi-Wan seine Gefühle und sein Schicksal akzeptierte. Ein weiterer Sieg für den Jungen. Er war beeindruckt.

„Wir müssten unser Ziel morgen erreichen", bemerkte Qui-Gon. „Ich befürchte, dass auf Bandomeer ein paar üble Angelegenheiten warten."

Obi-Wan sah ihn an. Der Blick in seinen dunklen Augen war voller Unruhe. Dennoch sah Qui-Gon darin auch seine Stärke.

„Ich weiß", sagte Obi-Wan. „Ich fühle es auch."

Nachwort

Obi-Wan Kenobi war im Jedi-Tempel auf Coruscant aufgewachsen. In einer Welt voller Menschen, einer Welt, in der jedes Stück Land von Wolkenkratzern bedeckt war.

Als die *Monument* in die Atmosphäre von Bandomeer eindrang, war er erstaunt angesichts der Dschungel und Ebenen, des weiten leeren Landes und des Meeres. Er hatte sich niemals vorstellen können, dass auf einem Planeten so viel Wildnis herrschte.

Der Raumhafen auf Bandomeer war ein kleines Gebäude, nicht mehr als ein Hangar, der gerade einen einzelnen Frachter von der Größe der *Monument* aufnehmen konnte. Obi-Wan folgte Qui-Gon zögernd auf das Flugfeld.

Ein planetarer Polizeioffizier wartete dort. Als er Qui-Gon sah, kam er herbeigeeilt. „Willkommen. Meine Büros stehen selbstverständlich zu Eurer Verfügung."

Qui-Gon nickte. „Könnt Ihr mir sagen, worum es hier geht? Der Oberste Kanzler sagte mir, Ihr würdet meine Hilfe brauchen – speziell meine."

„Vielleicht erklärt das die Situation", sagte der Offizier.

Er händigte Qui-Gon einen Umschlag aus. Der riss ihn auf und zog einen zusammengefalteten Zettel heraus. Als er ihn las, wurde sein Gesicht blass und sein Atem stockte.

Obi-Wan las über Qui-Gons Schulter. Da stand nur *Ich habe mich auf diesen Tag gefreut.*

Die Notiz war von jemanden mit Namen *Xanatos* unterzeichnet.

Glossar

Aalto
Ein Jedi-Schüler und guter Freund von ➢ Bruck Chun.

Advanced-Jedi-Trainings-Droide (AJTD)
Ein ➢ Droide, der für das Training von Jedi-Rittern eingesetzt wird; Kurzform AJTD. Ein AJTD kann sich sowohl auf dem Boden als auch schwebend bewegen. Auf Grund umfangreicher Telemetrie-Einrichtungen ist er spezialisiert auf das Beobachten komplexer Bewegungen, von Körperfunktionen usw.

Aggaba the Hutt
Ein ➢ Hutt, der Aufseher bei der ➢ Offworld Mining Corporation ist.

Agrikultur-Korps (Agri-Korps)
Eine Abteilung der Jedi, die für landwirtschaftliche Aufgaben zuständig ist. Das Agri-Korps beschäftigt sich hauptsächlich mit der Regenerierung ausgebeuteter Planeten und der Zucht resistenter Nutzpflanzen. Dem Agri-Korps ist gemäß ➢ Jedi-Kodex jede Beteiligung an Gewinn bringenden Unternehmungen untersagt.

Seine Arbeit dient nur dem Wohl der Galaxis.

Arcona Mineral Harvest Corporation
Eine arconische Minen-Firma, die von ➢ Clat'Ha geleitet wird. Im Gegensatz zur ➢ Offworld Mining Corporation herrscht hier ein funktionierendes Sozialgefüge; alle Mitarbeiter sind am Gewinn der Firma beteiligt.

Arconier
Die Arconier sind eine Spezies mit großen Köpfen, matt leuchtenden Facetten-Augen und grünlicher, ledriger Haut. Sie kommen auf dem Planeten Cona in großen Nestern zur Welt und haben keinen ausgeprägten Individualsinn. Ähnlich wie viele Insektenstämme sehen sie ihre gesamte Gemeinschaft als ein einzelnes Individuum. Arconier sind willige Arbeiter. Ihre Heimatwelt besitzt eine von Ammoniakdämpfen geschwängerte Atmosphäre. Außenweltler tauschten früher mit ihnen Schürfrechte gegen Wasser. Salz ist für Arconier äußerst gefährlich; es führt zum Tod, wenn nicht mit ➢ Dactyl dagegen angegangen wird.

Äußerer Rand
Der Äußere Rand ist die Randzone der ➢ Galaxis und wird auch oft als Outer Rim bezeichnet. Der Äußere Rand gilt als uninteressante und verschlafene Region.

Bandomeer
Heimatplanet der ➢ Meerianer am ➢ Äußeren

Rand, Hauptstadt Bandor. Bandomeer besteht aus einer riesigen Landfläche und einem Ozean, die den Planeten je ungefähr zur Hälfte bedecken. Durch jahrzehntelange Minentätigkeiten wurden die natürlichen Ressourcen des Planeten beinahe aufgebraucht; das ➢ Agri-Korps versucht einen landwirtschaftlichen Wiederaufbau.

Bant
Jedi-Schülerin und beste Freundin von ➢ Obi-Wan im ➢ Jedi-Tempel auf ➢ Coruscant. Bant ist ein zehnjähriges ➢ Mon Calamari-Mädchen.

Barabel-Frucht
Essbare, faustgroße Frucht vom Planeten Barab I. Sehr saftig und süßlich schmeckend.

Blaster
Die meistgebrauchte Kampfwaffe in der Galaxis. Es existieren zahlreiche Varianten von Pistolen und Gewehren. Blaster emittieren Strahlen aus Laserenergie.

Bruck Chun
Wie ➢ Obi-Wan Kenobi ist auch Bruck Chun ein Jedi-Schüler. Auch er hofft, bald als ➢ Padawan erwählt zu werden, denn sein dreizehnter Geburtstag rückt näher.

Clat'Ha
Clat'Ha ist eine junge Menschenfrau und leitet die ➢ Arcona Mineral Harvest Corporation als Oberste Betriebsmanagerin. Clat'Ha ist eine mutige Kämpferin und immer auf Gerechtigkeit bedacht.

Comlink
Ein Kommunikationsgerät, mit dem man Gespräche, Bilder und wissenschaftliche Daten übertragen kann. Der Comlink ist die handlichere Form des ➢ Comm Unit.

Comm Unit
Allgemeiner Begriff für eine schiffsgestützte Kommunikationseinheit. Der Begriff Comm Unit wird gelegentlich auch für das transportable ➢ Comlink verwendet.

Coruscant
Planet und offizieller Sitz des ➢ Galaktischen Senats sowie des ➢ Jedi-Tempels. Coruscant ist eine einzige riesige Stadt; jeder Quadratmeter des Planeten ist bebaut. Coruscant liegt im ➢ Galaktischen Zentrum und markiert die Koordinaten Null-Null-Null im Navigations-Koordinatensystem.

Corellianisches System
Das Corellianische System besteht aus fünf bewohnten Planeten und besitzt eine Besonderheit: Die Planeten umlaufen eine uralte Maschine, die vermutlich dazu benutzt wurde, die Planeten durch den ➢ Hyperraum an ihren momentanen Platz zu transportieren. Die Werften des Systems sind bekannt für die Herstellung unterschiedlichster Raumschifftypen.

Dactyl
Ein mineralisches Gestein auf Ammonium-Basis, das die Hauptnahrung der ➢ Arconier darstellt. Ohne Dactyl können Arconier nicht lange über-

leben, da es den Salzhaushalt in ihrem Körper reguliert.

Daggerlip
Bis zu eineinhalb Meter großes Ungeheuer mit scharfen, dolchartigen Zähnen und großen, mit Krallen bewehrten Klauen. Daggerlips bewegen sich zeitweilig in selbstgegrabenen Tunneln umher und können so ganze Gebäude zum Einsturz bringen. Daggerlips sind aggressiv ihren Feinden gegenüber.

Datapad
Mobiler Datenspeicher in handlicher Form.

Dämmerungskonferenz
Eine traditionelle Besprechung zwischen ➢ Jedi-Meistern, die am Abend stattfindet.

Dice
Ein bei den ➢ Hutts und ➢ Whiphiden beliebtes Glücksspiel.

Docking Bay
Bereich in einem Schiff oder Raumhafen, wo Raumschiffe, Raumjäger usw. andocken oder landen.

Draigon
Ein etwa mannshohes, vogelähnliches Wesen mit silberfarbener, schuppiger Haut und einem mit scharfen Zähnen bewehrten Maul. Die Draigons, die auch während des Gleitfluges schlafen können, ernähren sich überwiegend von Fischen und leben auf einem bislang nicht kartografierten Planeten entlang der Route ➢ Coruscant – ➢ Bandomeer.

Dresselianer
Eine Spezies vom Planeten Dressel. Die Dresselianer haben ein humanes Erscheinungsbild, aber extrem faltige Haut.

Dresselianisches Bier
Leicht alkoholisches Getränk vom Planeten Dressel.

Droiden
Roboter, die für nahezu jede nur vorstellbare Aufgabe in der ➢ Galaxis eingesetzt werden. Form und Funktion der Droiden variieren stark.

Elektro-Fernglas
Tragbares Sichtgerät, mit dem man unter fast allen Lichtverhältnissen weit entfernte Objekte beobachten kann. Ein eingespiegeltes Display zeigt Entfernung zum Objekt, Höhe über Normalnull, Azimut usw. an. Die Elektro-Ferngläser sind auf Grund ihrer computergestützten Optik sehr flexible Instrumente. Siehe auch ➢ Makro-Fernglas.

Fungus
Arconisches Nahrungsmittel.

Galaktischer Senat
Der Galaktische Senat tagt in einem riesigen, amphitheaterähnlichen Gebäude auf ➢ Coruscant, wo tausende von Senatoren aus allen Welten der ➢ Galaktischen Republik den Sitzungen beiwohnen.

Galaktische Republik
Die Galaktische Republik setzt sich aus den durch Gouverneure im ➢ Galaktischen Senat repräsentierten Mitgliedsplaneten zusammen.

Galaxis
Eine Ballung von Milliarden von Sternen. Galaxien sind in Galaxienhaufen, diese wiederum in so genannten Superhaufen organisiert. Die Entfernungen zwischen den einzelnen Galaxien ist jedoch dermaßen groß, dass sie bislang nicht überwunden werden konnten.

Garen Muln
Jedi-Schüler und Freund von ➢ Obi-Wan.

Gorak-Vogel
Essbarer, hühnerähnlicher Vogel.

Grelb the Hutt
Die rechte Hand von ➢ Jemba the Hutt, der Mann fürs Grobe, der auch vor Sabotageakten, Folter und Mord nicht zurückschreckt.

Hutts
Die Hutts sind eine echsenhafte Spezies. Sie kommen ursprünglich vom Planeten Varl, haben sich aber auf dem Planeten ➢ Tatooine weit verbreitet, den sie auch verbrecherisch beherrschen. Sie sind im Allgemeinen als bösartige Gangster bekannt, die hunderte von Jahren alt werden können und dabei niemals aufhören zu wachsen. Ein Hutt kann durchaus bis zu zehn Metern lang werden.

Hologramm
Ein bewegtes dreidimensionales Bild, das an einen anderen Ort zum Zweck der interaktiven audiovisuellen Kommunikation übertragen werden kann. Am Empfangsort erscheint das Hologramm als geis-

terhafte Projektion im Raum. Je nach Ausführung des Holo-Projektors kann das Hologramm in der Größe variieren.

Hyperantrieb
Der Hyperantrieb beschleunigt ein Raumschiff auf Überlichtgeschwindigkeit und damit in den ➢ Hyperraum.

Hyperraum
Der Hyperraum ist das physikalische Medium, in dem sich ein Raumschiff während eines überlichtschnellen Fluges aufhält.

Ithorianischer Razor-Hai
Ein Hai-ähnlicher Fisch mit rasiermesserscharfen Zähnen.

Jawas
Ein Nomadenvolk vom Planeten ➢ Tatooine. Die Jawas sind etwa einen Meter groß und tragen braune Kutten, durch die man nichts als ihre leuchtenden Augen hervorglimmen sieht. Die Stämme der Jawas ziehen in riesigen Sandkriechern umher und sammeln, stehlen oder kaufen Schrott auf, den sie zum Teil repariert wieder verkaufen.

Jedi-Kodex
Die Regeln, nach denen die ➢ Jedi-Ritter leben. Es gibt geschriebene und ungeschriebene Gesetze, die über die Jahrtausende von den Meistern an ihre Schüler weitergegeben werden.

Jedi-Meister
Sie sind die ➢ Jedi-Ritter, die den höchsten Ausbildungsstand erreicht haben

und selbst junge ➢ Jedi-Padawane ausbilden.

Jedi-Orden
Bezeichnung für die Gruppe der ➢ Jedi-Ritter.

Jedi-Padawan
Ein junger Jedi-Anwärter, der von einem ➢ Jedi-Meister als dessen persönlicher Schüler angenommen wurde. Ein Jedi-Schüler, der bis zu seinem dreizehnten Geburtstag von keinem Jedi-Meister als Padawan angenommen wurde, kann nicht mehr zum ➢ Jedi-Ritter ausgebildet werden.

Jedi-Ritter
Die Hüter von Frieden und Gerechtigkeit in der ➢ Galaxis. Jedi-Ritter zeichnen sich durch eine besonders gute Beherrschung der ➢ Macht aus und haben sich vor Jahrtausenden zu einem Orden zusammengeschlossen.

Jedi-Tempel
Der riesige Jedi-Tempel ist Sitz des ➢ Rates der Jedi auf ➢ Coruscant. Hier werden auch die jungen ➢ Jedi-Padawane ausgebildet.

Jemba the Hutt
Ein ➢ Hutt und einer der wichtigsten Aufseher bei der ➢ Offworld Mining Corporation. Er ist extrem bösartig. Es wird vermutet, dass er für die meisten Sabotageakte, unter anderem den auf ➢ Varristad, verantwortlich ist.

Kubindi
Der fünfte Planet des Ku'Bakai-Systems, Heimat

der Kubaz. Kubindi leidet unter Erdbeben und wechselhaftem Wetter. Die Silberwälder von Kubindi verdanken ihren Namen den silbern schimmernden, bis zu 20 Meter großen Blättern ihrer riesigen Bäume.

Lichtschwert
Die Waffe eines ➢ Jedi-Ritters. Die Klinge besteht aus purer Energie. Jedi-Ritter lernen im Laufe ihrer Ausbildung, diese Schwerter eigenhändig herzustellen. Es gibt verschiedene Versionen mit feststehender Amplitude und Klingenlänge sowie solche, bei denen sich diese Parameter mittels eines Drehschalters verändern lassen. Lichtschwerter werden bisweilen auch als Laserschwerter bezeichnet.

Mace Windu
Mace Windu ist eines der obersten Mitglieder im ➢ Rat der Jedi.

Macht
Die Macht ist ein gleichermaßen mystisches wie natürliches Phänomen: ein Energiefeld, das die ➢ Galaxis durchdringt und alles miteinander verbindet. Die Macht wird von allen Lebewesen erzeugt. Wie alle Energieformen kann die Macht manipuliert werden. Vor allem die ➢ Jedi-Ritter beherrschen diese Kunst. Ein Jedi-Ritter, der die Macht beherrscht, hat besondere Fähigkeiten: Er kann beispielsweise entfernte Orte sehen oder Gegenstände und die Gedanken anderer bis zu einem gewissen Maß kontrollieren.

Die Macht hat zwei Seiten: Die lichte Seite der Macht schenkt Frieden und innere Ruhe; die dunkle Seite der Macht erfüllt mit Furcht, Zorn und Aggression. Wer sich als Jedi diesen negativen Gefühlen allzu leicht hingibt, steht in Gefahr, der dunklen Seite der Macht zu verfallen.

Makro-Fernglas
Ein kleines, handliches Fernglas, das dem größeren ➢ Elektro-Fernglas auf Grund fehlender Computerunterstützung jedoch unterlegen ist.

Meerianer
Kleine, humane Spezies vom Planeten ➢ Bandomeer. Ihr markantestes Zeichen sind die silbernen Haare, die sie meist kurz geschoren tragen.

Mon Calamari
Eine amphibische Spezies vom Planeten Mon Calamari. Sie haben große, fischähnliche Augen und brauchen auch an Land ein feuchtes Klima. Sie werden auch als Calamari bezeichnet.

Monument
Ein alter ➢ corellianischer Frachter, der tausende von Minenarbeitern von ➢ Coruscant nach ➢ Bandomeer bringt.

Offworld Mining Corporation
Eine gleichermaßen mächtige wie skrupellose Minen-Firma, die die natürlichen Ressourcen von Planeten rücksichtslos ausschöpft und dabei mit allen zur Verfügung stehenden Mitteln die Konkurrenz ausschaltet. Viele

der Minenarbeiter bei Offworld sind Sklaven. Die Besitzer der Offworld Mining Corporation sind unbekannt.

Obi-Wan Kenobi
Obi-Wan ist ein Junge, der kurz vor seinem dreizehnten Geburtstag steht und hofft, ➢ Qui-Gon Jinns Padawan zu werden.

Padawan
➢ Jedi-Padawan

Planetarer Polizeioffizier
Ein Polizeioffizier der ➢ Galaktischen Republik, der seinen Dienst vor Ort (auf einem Planeten) tut und mit den dortigen Gegebenheiten vertraut ist.

Protonentorpedo
Ein Geschoss, das von Raumschiffen oder auch Personen aus speziellen Werfern abgefeuert werden kann. Der Protonentorpedo erhält seine Zerstörungskraft aus dem Protonen streuenden Sprengkopf und kann durch Partikelschilde abgelenkt werden.

Qui-Gon Jinn
Qui-Gon ist ein erfahrener ➢ Jedi-Meister, der seine Fähigkeiten auf vielen Missionen unter Beweis gestellt hat. Seit er seinen Padawan Xanathos verloren hat, hat er keinen Jedi-Schüler mehr ausgebildet.

Rat der Jedi
Gremium aus zwölf ➢ Jedi-Meistern, die sich um die Angelegenheiten der Galaxis kümmern und stets als Hüter von Frieden und Gerechtigkeit auftreten.

Reeft
Ein vom Planten Dressel stammender Jedi-Schüler; Freund von ➢ Obi-Wan Kenobi.

Repulsor
Antriebssystem für Boden- und Raumfahrzeuge, das ein Kraftfeld erzeugt (➢ Repulsorlift-Feld). Der hierbei entstehende Antischwerkraftschub ermöglicht die Fortbewegung von Boden-, Luftgleitern und Düsenschlitten. Sternjäger und Raumschiffe nutzen Repulsoren als zusätzliches Schubkraftsystem, etwa beim Andocken oder beim Flug in der Atmosphäre.

Repulsorlift-Feld
Ein magnetisches Kraftfeld, das als Basis für die meisten konventionellen (nicht-hypertauglichen) Antriebsformen dient. Es wird fast überall verwendet, wo Dinge oder Maschinen transportiert werden müssen oder eine schwebende Fortbewegung nötig ist.

Sabacc
Ein elektronisches Kartenspiel, das mit 26 Chipkarten gespielt wird. Gewöhnlich geht es um sehr hohe Einsätze: Ganze Raumschiffe und sogar Planeten wurden beim Sabacc schon verspielt.

Si Treemba
Ein ➢ Arconier, mit dem sich ➢ Obi-Wan auf seinem Flug nach ➢ Bandomeer anfreundet. Si Treemba begibt sich für Obi-Wan mehrmals in Gefahr und unterzieht

sich großem psychischen Stress, weil er aus seiner fest gefügten Gruppe ausbricht.

Stahlglas
Transparenter Stahl, der überall verwendet wird, wo stabile Sichtfenster benötigt werden – sowohl innerhalb einer Atmosphäre als auch im freien Raum. Seine Eigenschaften in Bezug auf Stabilität und Temperaturverhalten sind hervorragend.

Tatooine
Ein Wüstenplanet am ➢ Äußeren Rand, der kein Mitglied der ➢ Galaktischen Republik ist. Obwohl Tatooine als unwichtig gilt, wird es später eine wichtige Rolle im Schicksal der ➢ Galaxis spielen.

Togorianer
Eine Spezies großer, fellbedeckter Lebewesen vom Planeten Togoria im Thanos-System. Die Trennung zwischen den Geschlechtern ist bei den Togorianern sehr ausgeprägt; Männer und Frauen sehen einander nur wenige Tage im Jahr. Die Männer ziehen als Nomaden umher. Viele der im Raum lebenden Togorianer verdingen sich als Piraten.

Vant
Eine Dozentin im ➢ Jedi-Tempel auf ➢ Coruscant.

Varristad
Ein kleiner Planet ohne Atmosphäre, der von einer kleinen, unbedeutenden Minen-Firma zur Minenkolonie ausgebaut wurde. Bei einem Sabota-

geakt, für den vermutlich die ➢ Offworld Mining Corporation verantwortlich war, kamen zehntausende von Minenarbeitern ums Leben. Daraufhin kaufte Offworld die Kolonie und baute die Mineralien auf Varristad ab.

Verpinen-Jäger
Die Kampfjäger der Verpinen, einer hoch entwickelten insektoiden Lebensform, die seit Existenz der ➢ Galaktischen Republik das Roche-Asteroidenfeld kolonisiert. Die Verpinen gelten als technisch sehr geschickt und sind hervorragende Konstrukteure.

Vibro-Waffen
Handwaffen, die es in vielen Varianten (Vibro-Axt, Vibro-Dolch, Vibro-Messer) gibt. Ein Ultraschallgenerator (Vibro-Generator) im Griff erzeugt Schwingungen, die die Schnittkraft der Klinge erheblich steigern. Die geringste Berührung kann gefährliche Verletzungen hervorrufen.

Whiphiden
Eine Spezies bis 2,5 m großer, mit Fell bedeckter Zweibeiner vom Eisplaneten Toola im Kaelta-System. Sie besitzen zwei lange Reißzähne im Unterkiefer und verdingen sich gerne als Kopfgeldjäger. Whiphiden werden auch „Zahngesichter" genannt.

Wolkenwagen
Bezeichnung für ein kleines Kapselgefährt zum inneratmosphäri-

schen Flug. Es existieren viele unterschiedliche Versionen mit einer oder mehreren Kapseln; ein Doppelkapsel-Wolkenwagen hat je eine Kapsel für einen Piloten und einen Schützen.

Womp-Ratten
Sehr gefräßige und bösartige, bis 3 m lange Rattenart, die in den Canyons von Tatooine lebt.

Xanatos
Der ehemalige Padawan von ➢ Qui-Gon Jinn, der die Jedi verließ, bevor er ein ➢ Jedi-Ritter wurde.

Yoda
Ein über 800 Jahre altes Mitglied des ➢ Rates der Jedi. Yoda kommt vom Planeten Dagobah, ist nur 70 cm groß, hat Schlitzohren und gilt als besonders weise.

STAR WARS™
JEDI-PADAWAN
LUCAS BOOKS
OBI-WAN KENOBI AUF SEINEM WEG VOM SCHÜLER ZUM JEDI-RITTER
Obi-Wan Kenobi sehnt sich danach Jedi-Ritter zu werden. Aber wie soll ihm das gelingen, wenn ihn niemand als Padawan aufnimmt?
STAR WARS
JEDI-PADAWAN
DIE GEHEIMNISVOLLE MACHT
ISBN 389748-201-0 · DM 9.80
STAR WARS
JEDI-PADAWAN
DER DUNKLE RIVALE
JUDE WATSON
ISBN 389748-202-9 · DM 9.80
STAR WARS
JEDI-PADAWAN
DIE GESTOHLENE VERGANGENHEIT
JUDE WATSON
ISBN 389748-203-7 · DM 9.80
Die dunkle Seite der Macht fordert Qui-Gon Jinn heraus – ein früherer Schüler verlangt Rache von ihm.
JETZT ÜBERALL, WO'S BÜCHER GIBT!
LESEPROBEN:
im Internet unter DinoAG.de
BESTELLSERVICE:
über das Internet (DinoAG.de) oder beim Dino Leserservice, Postfach 12 55, D-79420 Heitersheim. (jeder Band DM 9,80 zzgl. Versandkosten)
Das Schicksal von Phindar liegt in den Händen von Obi-Wan Kenobi und Qui-Gon Jinn – und ihre einzigen Verbündeten sind eine Bande diebischer Rebellen.
© 1999 Lucasfilm Ltd. & ™. All rights reserved. Used under authorization.
Dino entertainment